大家來學 生活韓國語

가르쳐 주지 않는

생생 한국어

全MP3一次下載

9789864542529.zip

全 MP3 一次下載，iOS 系統請升級至 iOS 13 後再行下載。

此為大型檔案，建議使用 WIFI 連線下載，以免占用流量，並確認連線狀況，以利下載順暢。

前言

〰〰〰

　　從我開始夢想成為一位「用外語教授韓語的人」，不知不覺歲月已流逝十幾年。迄今教過來自世界各國各式各樣的學生，看著他們在韓語領域以驚人的速度成長。也因為如此，藉由「韓語」這個分母相遇的學生，我與他們的緣分無比珍貴，而身為一位韓語教授也令我感到相當自豪。

　　《大家來學生活韓國語》是一本嚴選韓語學習者經常用錯且想要了解的韓語文化、會話表現交織而成的「韓語實用書籍」。本書充實地收錄了韓國人日常生活中頻繁使用，最道地且實用的表現、原汁原味呈現韓國文化的生動表現以及看似微小卻容易犯錯的核心表現。每個表現都添加〈會話、文法、字彙與表現、迷你課堂、QUIZ、1 分鐘口說訓練〉等單元內容，即使投資少少的時間，也能熟悉最道地的文化與表現，運用在現實生活上。

　　《大家來學生活韓國語》是專為「初級」程度之韓語學習者編寫的教材。透過本書，初級程度的韓語學習者可以準備前往中級的跳板，而中級程度的學習者也能自然運用更道地的韓語。

　　本書也是為了以外語教授韓語的人編寫的。希望能提供跟外國人進行語言交換的韓國人，或國內外在現場教授韓語，孤軍奮戰的老師們小小的幫助。期許藉由本書告知外國人最想知道且經常用錯的核心韓語表現，成為韓語口說教育的嚮導。

外國人學習韓語時最好奇的點是什麼呢？正是「韓國人現實生活中也會使用我學的表現嗎？」。自學韓語的學生們也會擔心自己學到的表現在韓國是否通用。因為比任何人都還瞭解這類學習者的心情，我以一位韓國母語人士，且以多年來教授外國人韓語的觀點，嚴選出韓國人日常生活中使用的真正韓式表現。因此，我有信心本書會是最貼近學習者需求，獨一無二的韓語實用書籍。

對語言學習者來說，沒有「捷徑」這回事。但是，我想提供韓語學習路上已接觸過各種學習方式，想進一步提升韓語程度的韓語學習者們一條近路。期許《大家來學生活韓國語》成為那些人的一盞明燈。

最後，我難以忘記幫助本書出版的人。我要向激勵我企劃並執筆撰寫《大家來學生活韓國語》的 Ji Young Lee 作家、欣然允許出版，讓這本書可以以亮眼的面貌呈現在大眾面前，勞心費神的韓國文化社 Jeong Heum Cho 部長與 Joo Ri Kim 編輯以及韓國文化社相關工作人員致上誠摯的謝意。

作者 李妍定

3

目錄

請這樣閱讀這本書！

可依照編排順序閱讀，也可挑選想閱讀的主題閱讀。不論是哪個主題，都請依照以下 6 個步驟循序漸進地學習。一步一步跟著走，不知不覺會成為一位韓語專家的。好的，那我們現在開始吧？

1 主題介紹

請看插圖，想像對話內容。

2 文法與字彙、表現

請試著整理對話中使用的文法、字彙與表現。

3 對話

回想推測內容的同時，像演戲一般讀出對話內容。也請跟朋友一起用角色扮演的方式練習。

4 迷你課堂

藉由迷你課堂針對核心表現補充韓語知識。仔細閱讀迷你課堂，就會累積越來越多關於韓語文化及表現的知識。

5 1 分鐘口說訓練

請用相關主題練習「1 分鐘口説訓練」。錄下自己練習的音檔，或與朋友一同學習效果會更好。

6 QUIZ

這是確認至目前為止學習內容的小單元。有信心得到 100 分吧？

登場人物

秀智

22 歲，韓國人
莎莉的學校學姊

俊昊

25 歲，韓國人
秀智的學長

鎮秀

25 歲，韓國人
俊昊的朋友

丹尼

21 歲，加拿大人
韓國大學留學生
莎莉的朋友

莎莉

20 歲，澳洲人
韓國大學留學生
丹尼的朋友

智娜

20 歲，韓國人
莎莉的朋友

CHAPTER 0

韓語發音教學

1 韓文字母的形成

2 子音和母音如何結合

3 韓文字母的母音與子音特色

4 十個基本母音與基本子音「○」

5 十四個基本子音

6 韓文發音表

7 複合母音

8 複合子音

9 收尾音

10 收尾音的發音規則

韓文字母的形成

● 母音

　　韓文的母音共分為十個「基本母音」與十一個「複合母音」，它是由「天」、「地」、「人」三種元素所構成的。

· 代表天　　　　— 代表地　　　丨 代表人

　　依據「天」（·）位置的不同，母音還可分為「陽性母音」、「陰性母音」和「中性母音」。例如，陽性母音有ㅏ、ㅑ、ㅗ、ㅛ、ㅘ 等；陰性母音有ㅓ、ㅕ、ㅜ、ㅠ 等；中性母音有ㅡ、丨 等。

以下是韓文母音中的十個「基本母音」與十一個「複合母音」：

ㅏ	ㅓ	ㅗ	ㅜ	ㅡ	丨	ㅔ	ㅐ	ㅚ	ㅟ
[a]	[eo]	[o]	[u]	[eu]	[i]	[e]	[ae]	[oe]	[wi]
ㅑ	ㅕ	ㅛ	ㅠ			ㅖ	ㅒ		
[ya]	[yeo]	[yo]	[yu]			[ye]	[yae]		
ㅘ	ㅝ			ㅢ		ㅞ	ㅙ		
[wa]	[weo]			[ui]		[we]	[wae]		

※ 黑色字母為基本母音，淺色字母為複合母音

● 子音

　　韓文的子音共分為十四個「基本子音」與五個「複合子音」，而基本子音中，又細分為「平音」與「激音」（又稱「送氣音」），複合子音則為「硬音」。每個子音的形狀，則是模仿舌頭與發音器官的位置。

基本子音	平音	ㄱ [g/k]	ㄴ [n]	ㄷ [d/t]	ㄹ [r/l]	ㅁ [m]	ㅂ [b/p]	ㅅ [s]	ㅇ [ng]	ㅈ [j]	ㅎ [h]
	激音 （送氣音）	ㅋ [k]		ㅌ [t]			ㅍ [p]			ㅊ [ch]	
複合子音	硬音	ㄲ [kk]		ㄸ [tt]			ㅃ [pp]	ㅆ [ss]		ㅉ [jj]	

※黑色字母為基本子音，淺色字母為複合子音

子音和母音如何結合

　　韓文的每個音節，都是由子音、母音的「字母」組合成的，而且子音一定會出現在母音的前方。有時除了子音與母音外，還會再加上一個收尾用的子音，也就是「收尾音」（又稱「終聲」），書寫在子音與母音的下方。

　　韓文音節的組成方式如下，子音用深色表示、母音用淺色表示、終聲用黑色表示。

● 子音＋母音

左右排列型	上下排列型	包覆排列型
가[ga]	고[go]	과[gwa]
子音ㄱ＋母音ㅏ	子音ㄱ＋母音ㅗ	子音ㄱ＋母音ㅘ

母音為垂直型時， 子音、母音為左右排列	母音為扁平型時， 子音、母音為上下排列	母音為複合母音時， 子音、母音為左上、右下排列

● 子音＋母音＋收尾音（終聲）

左右排列型	上下排列型	包覆排列型
강[gang]	공[gong]	광[gwang]
子音ㄱ＋母音ㅏ＋收尾音ㅇ。	子音ㄱ＋母音ㅗ＋收尾音ㅇ。	子音ㄱ＋母音ㅘ＋收尾音ㅇ。

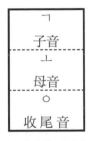

母音為垂直型時
子音、母音為左右排列
收尾音放在最下面

母音為扁平型時
子音、母音為上下排列
收尾音放在最下面

母音為複合母音時
子音、母音為左上、
右下排列
收尾音放在最下面

韓文字母的母音與子音特色

● 母音只有一種發音

　　英文的母音隨著它在單字中位置的不同，就會有不同的發音。不過在韓文和注音符號中，母音只有一種發音。舉例來說，英文的母音字母「o」，在「hot」和「rose」兩個單字中的發音並不相同，但韓文的母音不論放在哪個音節中，都是同樣的發音。

● 母音是韓文字的主角，而子音則放在母音之前或之後

　　在英文中，子音和母音字母是一個接著一個書寫，不會分開。在韓文中，母音則是擔任韓文字中的主角，子音放在母音之前或之後，以此形成一個韓文字。以「computer」這個字為例，韓文的寫法是 컴퓨터，它是以英文字母的母音 o、u、e 為中心來區分出三個音節的。

com　　pu　ter
컴　　　퓨　터

● 子音必須搭配母音才能構成音節

　　英文單字中的「bus」，算是單音節發音的單字，bus 最後的子音 s，就算沒有母音的幫忙，也可以單獨發音，不過在韓文中，子音 s 仍要加上母音「ㅡ」之後才能發音，所以 bus 的韓文，就會寫成 버스（唸成 beo-seu）。英文中「sport」的 s 和 p 可以單獨發音，不過在韓文中，子音s仍要加上母音「ㅡ」之後才能發音，所以 sport 的韓文，就會寫成 스포츠（唸成 seu-po-cheu）。

bu s　　　　　　　　　　　　s por t
버 스　　　　　　　　　　　스 포 츠

基本母音的發音單一而且短促

　　韓文的基本母音如 ㅏ[a]、ㅗ[o]、ㅐ[æ] 等，在發音時的脣形幾乎沒有變化，不過像英文 rice [raɪs] 有這樣需將嘴型放大的長母音，在寫成韓文時，就會發生雖然英文單字只有一個音節，但韓文卻寫成多個音節的情況。例如 ice [aɪs] 這個字，[aɪ] 部分的韓文就會寫成 아이。

ice
아이스

英文字中或字尾的r，在韓文中都不發音

　　韓文沒有英文中的 r，或中文裡的ㄦ發音，因此，r 這個字母的音只有出現在單字一開始時才會寫成ㄹ，出現在單字中或字尾時都不發音。舉例來說，card 這個字在韓文裡，只能寫成兩個音節的카드而已，沒有 r 的音。

card
카드

p/f、b/v 以及 l/r，在韓文中發音都相同

p/f 在韓文中的發音為ㅍ，b/v 在韓文中的發音為ㅂ，l/r 在韓文中的發音為ㄹ。

pan fan　　　　ban van　　　　leader reader
　팬　　　　　　　밴　　　　　　　리더

韓文中沒有強烈的唇舌音 z 與 th

z 在韓文中的發音為ㅈ，th 在韓文中的發音為ㅅ

pizza
피 자

health
헬 스

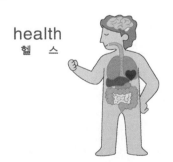

十個基本母音與基本子音「ㅇ」

● 十個基本母音

ㅏ　[a]，近似於注音符號的「ㄚ」，但發音時嘴形不用太大。

ㅑ　[ya]，近似於注音符號的「ㄧ」之後馬上發出「ㄚ」的音，但發音時嘴形不用太大。

ㅓ　[eo]，近似於注音符號的「ㄛ」，但比較接近於 a 和 o 之間。

ㅕ　[yeo]，近似於注音符號的「ㄧ」之後馬上發出「ㄛ」的音，但比較接近於 ya 和 yo 之間。

ㅗ　[o]，近似於注音符號的「ㄛ」，發這個音時嘴形又圓又小。

ㅛ　[yo]，近似於注音符號的「ㄧ」之後馬上發出「ㄛ」的音，發這個音時嘴形又圓又小。

ㅜ　[u]，近似於注音符號的「ㄨ」，注意不要發成長音。

ㅠ　[yu]，近似於注音符號的「ㄧ」之後馬上發出「ㄨ」的音，注意不要發成長音。

ㅡ　[eu]，近似於注音符號的「ㄜ」，但只要輕輕拉開嘴唇作微笑狀，就可以發出這個音了，是個較短且弱的音。

ㅣ　[i]，近似於注音符號的「ㄧ」，注意不要發成長音。

● 基本子音ㅇ

ㅇ（x）當作子音使用時，不發音。

16

● **唸唸看！一邊唸一邊寫出下列單字**

이

이

二

이유

이유

理由

오

오

五

우유

우유

牛奶

오이

오이

小黃瓜

여우

여우

狐狸

아이

아이

小孩

유아

유아

幼兒

十四個基本子音

● 基本子音1 ㄱ, ㄴ, ㄷ

ㄱ　[g/k]，近似於注音符號的「ㄍ或ㄎ」，這個字母當作子音或收尾音時，會接近「ㄎ」的音，但若是一個單字中間某個字的子音，則接近「ㄍ」的音。

ㄴ　[n]，近似於注音符號的「ㄋ」。

ㄷ　[d/t]，近似於注音符號的「ㄉ或ㄊ」，這個字母當作子音或收尾音時，會接近「ㄊ」的音，但若是一個單字中間某個字的子音，則接近「ㄉ」的音。

● 基本子音2 ㄹ, ㅁ, ㅂ

ㄹ　[l/r]，近似於注音符號的「ㄌ或ㄦ」，這個字母當作子音時會接近「ㄌ」的音，當作收尾音時，則接近「ㄦ」的音。

ㅁ　[m]，近似於注音符號的「ㄇ」。

ㅂ　[b/p]，近似於注音符號的「ㄅ或ㄆ」，這個字母當作子音或收尾音時，會接近「ㄆ」的音，但若是一個單字中間某個字的子音，則接近「ㄅ」的音。

● **唸唸看！一邊唸一邊寫出下列單字**

여기

여기

_____

_____

這裡

누구

누구

_____

_____

誰

거기

거기

_____

_____

那裡

나

나

_____

_____

我

마리

마리

_____

_____

～隻

너무

너무

_____

_____

太…

머리

머리

_____

_____

頭（髮）

바보

바보

_____

_____

笨蛋

十四個基本子音

● 基本子音3 ㅅ, ㅈ, ㅊ

ㅅ　[s]，近似於注音符號的「ㄙ」，但後面若加上母音ㅣ時，就會接近於注音符號的「ㄒ」，請注意要輕輕地發音。

ㅈ　[j]，近似於注音符號的「ㄐ」，這個字母放在初聲或終聲時會接近「ㄐ」的音，但若位於一個單字中間時，不論前一個音節是否有終聲，會較接近「ㄗ」的音（較弱）。

ㅊ　[ch]，近似於注音符號的「ㄑ」，但發音時比「ㅈ」的氣流更強。

● 基本子音4 ㅋ,ㅌ,ㅍ,ㅎ

ㅋ　[k]，近似於注音符號的「ㄎ」，但發音時比「ㄱ」的氣流更強。

ㅌ　[t]，近似於注音符號的「ㄊ」，但發音時比「ㄷ」的氣流更強。

ㅍ　[p]，近似於注音符號的「ㄆ」，但發音時比「ㅂ」的氣流更強。

ㅎ　[h]，近似於注音符號的「ㄏ」。

● 激音

　　當基本子音ㄱ,ㄷ,ㅂ,ㅈ加上ㅎ的氣音後，就會形成所謂的「激音」（送氣音），也就是ㅋ,ㅌ,ㅍ,ㅊ這四個字。因此激音在發音時，氣流會比一般的基本子音要來得強烈哦！

ㅂ + ㅎ = ㅍ　　　ㄷ + ㅎ = ㅌ　　　ㅈ + ㅎ = ㅊ　　　ㄱ + ㅎ = ㅋ

● **唸唸看！一邊唸一邊寫出下列單字**

가사

가사

_____

歌詞

아버지

아버지

_____

父親

가수

가수

_____

歌手

기차

기차

_____

火車

자다

자다

_____

睡覺

휴지

휴지

_____

面紙

차다

차다

_____

寒冷的

카드

카드

_____

卡片

韓文發音表

	ㅏ [a]	ㅑ [ya]	ㅓ [eo]	ㅕ [yeo]	ㅗ [o]
ㄱ[g,k]	가	갸	거	겨	고
ㄴ[n]	나	냐	너	녀	노
ㄷ[d,t]	다	댜	더	뎌	도
ㄹ[r,l]	라	랴	러	려	로
ㅁ[m]	마	먀	머	며	모
ㅂ[b,p]	바	뱌	버	벼	보
ㅅ[s]	사	샤	서	셔	소
ㅇ[x]	아	야	어	여	오
ㅈ[j]	자	쟈	저	져	조
ㅊ[ch]	차	챠	처	쳐	초
ㅋ[k]	카	캬	커	켜	코
ㅌ[t]	타	탸	터	텨	토
ㅍ[p]	파	퍄	퍼	펴	포
ㅎ[h]	하	햐	허	혀	호

ㅛ [yo]	ㅜ [u]	ㅠ [yu]	ㅡ [eu]	ㅣ [i]
교	구	규	그	기
뇨	누	뉴	느	니
됴	두	듀	드	디
료	루	류	르	리
묘	무	뮤	므	미
뵤	부	뷰	브	비
쇼	수	슈	스	시
요	우	유	으	이
죠	주	쥬	즈	지
쵸	추	츄	츠	치
쿄	쿠	큐	크	키
툐	투	튜	트	티
표	푸	퓨	프	피
효	후	휴	흐	히

複合母音

● **複合母音1** ㅐ, ㅒ, ㅔ, ㅖ

ㅐ　[ae]，近似於注音符號的「ㄝ」。

ㅒ　[yae]，近似於注音符號的「ㄧ」之後馬上發出「ㄝ」的音，也就是「ㄧ」的音很快就轉變為「ㄝ」的音。

ㅔ　[e]，近似於注音符號的「ㄟ」。

ㅖ　[ye]，近似於注音符號的「ㄧ」之後馬上發出「ㄟ」的音，也就是「ㄧ」的音很快就轉變為「ㄟ」的音。

● **複合母音2** ㅙ, ㅚ, ㅞ

ㅙ　[wae]，近似於注音符號的「ㄨ」之後馬上發出「ㄝ」的音，也就是「ㄨ」的音很快就轉變為「ㄝ」的音。

ㅚ　[oe]，近似於注音符號的「ㄛ」之後馬上發出「ㄟ」的音，也就是「ㄛ」的音很快就轉變為「ㄝ」的音。

ㅞ　[we]，近似於注音符號的「ㄨ」之後馬上發出「ㄟ」的音，也就是「ㄨ」的音很快就轉變為「ㄟ」的音。

ㅙ, ㅚ, ㅞ 這三個複合母音的寫法雖不同，但發音卻極為相似哦！

● **唸唸看！一邊唸一邊寫出下列單字**

내

내

_____

我的

가게

가게

_____

商店

시계

시계

_____

鐘錶

애기

애기

_____

故事

궤도

궤도

_____

軌道

사회

사회

_____

社會

왜요

왜요

_____

為什麼

최고

최고

_____

最棒的

複合母音

● 複合母音3 ㅘ, ㅝ, ㅟ, ㅢ

ㅘ　[wa]，近似於注音符號的「ㄨ」之後馬上發出「ㄚ」的音，也就是「ㄨ」的音很快就轉變為「ㄚ」的音。

ㅝ　[wo]，近似於注音符號的「ㄨ」之後馬上發出「ㄛ」的音，也就是「ㄨ」的音很快就轉變為「ㄛ」的音。

ㅟ　[wi]，近似於注音符號的「ㄨ」之後馬上發出「ㄧ」的音，也就是「ㄨ」的音很快就轉變為「ㄧ」的音。

ㅢ　[ui]，近似於注音符號的「ㄜ」之後馬上發出「ㄧ」的音，也就是「ㄜ」的音很快就轉變為「ㄧ」的音。

● 特殊發音規則

複合母音ㅢ，在不同的位置會有不同的發音哦！

（1）當ㅢ出現在單字的第一個音節時，發ㅢ的音。例：의자。

（2）當ㅢ出現在單字的第二個（或第二個以後）的音節時，發ㅢ或ㅣ的音。例：주의。

（3）當ㅢ前面有子音時，發ㅣ的音。例：희망, 무늬。

● 唸唸看！一邊唸一邊寫出下列單字

화가

화가

畫家

위

위

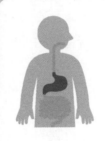

胃

사과

사과

蘋果

주의

주의

注意

귀

귀

耳朵

귀여워요

귀여워요

可愛

複合子音

● 複合子音 ㅃ, ㄸ, ㅆ, ㅉ, ㄲ

ㅃ　[pp]，近似於注音符號的「ㄅ」，發音時注意氣流是強烈卻短暫的。

ㄸ　[tt]，近似於注音符號的「ㄉ」，發音時注意氣流是強烈卻短暫的。

ㅆ　[ss]，近似於注音符號的「ㄙ」，發音時注意氣流是強烈卻短暫的。

ㅉ　[jj]，近似於注音符號的「ㄐ」，發音時注意氣流是強烈卻短暫的。

ㄲ　[kk]，近似於注音符號的「ㄍ」，發音時注意氣流是強烈卻短暫的。

● 如何形成複合子音

複合子音的形成，是重複兩個基本子音（複合子音和基本子音的發音位置相同），也就是說，在原本的子音旁邊加上相同的子音。

ㅂ　➜　ㅃ

ㄷ　➜　ㄸ

ㅅ　➜　ㅆ

ㅈ　➜　ㅉ

ㄱ　➜　ㄲ

● 唸唸看！一邊唸一邊寫出下列單字

아빠

아빠

爸爸

토끼

토끼

兔子

오빠

오빠

哥哥

자다

자다

睡覺

아저씨

아저씨

叔叔

짜다

짜다

鹹的

아가씨

아가씨

小姐

싸다

싸다

便宜的

도끼

도끼

斧頭

떠나다

떠나다

離開

收尾音

● 收尾音（終聲）

ㄱ　[k]，近似於注音符號的「ㄎ」，或是 book 的 k。
　　收尾音寫法：ㄱ,ㅋ,ㄲ,ㄳ,ㄺ

ㄴ　[n]，近似於注音符號的「ㄋ」，或是 moon 的 n。
　　收尾音寫法：ㄴ,ㄵ,ㄶ

ㄷ　[t]，近似於注音符號的「ㄊ」，或是 dot 的 t。
　　收尾音寫法：ㄷ,ㅅ,ㅈ,ㅊ,ㅌ,ㅎ,ㅆ

ㄹ　[l]，近似於注音符號的「ㄌ」，或是 little 的 le。
　　收尾音寫法：ㄹ,ㄼ,ㄽ,ㄾ,ㅀ

ㅁ　[m]，近似於注音符號的「ㄇ」，或是 him 的 m。
　　收尾音寫法：ㅁ,ㄻ

ㅂ　[p]，近似於注音符號的「ㄆ」，或是 chop 的 p。
　　收尾音寫法：ㅂ,ㅍ,ㅄ,ㄿ

ㅇ　[ng]，近似於注音符號的「ㄥ」，或是 song 的 ng。
　　收尾音寫法：ㅇ

　　基本子音都可以放在收尾音的位置，也有一些收尾音是由兩個子音的所組成，但只有七種子音的唸法會被當作收尾音的唸法。因此在同一種唸法之下，有許多種不同的收尾音寫法哦！

● **唸唸看！一邊唸一邊寫出下列單字**

박

박

朴（姓氏）

밤

밤

夜晚

반

반

半、班

밥

밥

飯

받다

받다

收到

방

방

房間

발

발

腳

외국

외국

外國

收尾音的發音規則

● 連音法則

　　在韓語語詞中，若其中一個字有收尾音，且下一個字子音為「ㅇ」時，前字的收尾音將連音，成為後字的子音，並改回以原本子音的音來發。

（1）前字的收尾音是一般的基本子音時，要連音成為後字的子音。
　　　例：집으로 唸成 [지브로]。

（2）前字的收尾音是兩個子音組成時，要用第二個字來連音。
　　　例：앉으세요 唸成 [안즈세요]。

（3）前字的收尾音若有ㅎ時，ㅎ將不發音也不連音，收尾音有兩個子音組成時，則以另一個字來連音。例：많아요 唸成 [마나요]。

（4）前字的收尾音是複合子音時，要將它視為一個子音來連音。
　　　例：있어요 唸成 [이써요]。

（5）前字的收尾音是ㅇ時，還是發原本的收尾音即可。
　　　例：강아지 唸成 [강아지]。

● 唸唸看！一邊唸一邊寫出下列單字

있어요

있어요

有

만나요

만나요

見面

없어요

없어요

off the air

沒有

많아요

많아요

多的

좋아요

좋아요

喜歡

젊은이

젊은이

年輕人

收尾音的發音規則

● 送氣音化

　　如同 20 頁介紹過的「激音」，我們已知當基本子音 ㄱ, ㄷ, ㅂ, ㅈ 加上 ㅎ 的氣音後，就會形成所謂的「激音」（送氣音）ㅋ, ㅌ, ㅍ, ㅊ 這四個字。而當單字中有其中兩個字的收尾音與子音，是可構成激音的前後關係時，就會以激音的方式來發音，稱之為「送氣音化」或「激音化」。

前字的 收尾音	＋	後字的 子音		兩個音 送氣音化
ㄱ	＋	ㅎ	→	ㅋ
ㅎ		ㄱ		
ㄷ	＋	ㅎ	→	ㅌ
ㅎ		ㄷ		
ㅂ	＋	ㅎ	→	ㅍ
ㅎ		ㅂ		
ㅈ	＋	ㅎ	→	ㅊ
ㅎ		ㅈ		

● 唸唸看！跟著錄音朗讀以下詞彙。

1. 그렇지요 [→ 그러치요]　　　　　　那樣啊！
2. 어떻게 해요? [→ 어떠케 해요]　　怎麼做？
3. 좋다 [→ 조타]　　　　　　　　　　好的
4. 입학식 [→ 이팍씩]　　　　　　　　入學典禮

口蓋音化

018

前字的 收尾音	+	後字的 子音		兩個音 口蓋音化
ㄷ	+	지	→	지
ㅌ	+	치	→	치
(ㄷ+ㅎ)	+	이	→	치

唸唸看！跟著錄音朗讀以下詞彙。

1. 굳이　[→ 구지]　　硬是要～
2. 같이　[→ 가치]　　一同～
3. 닫히다 [→ 다치다]　被關上

收尾音的發音規則

● 硬音化

    在收尾音ㄱ.ㄷ.ㅂ（皆為唇齒音）的影響下，下一個字的子音若為平音ㄱ.ㄷ.ㅂ.ㅅ.ㅈ，氣流將變成強烈而短促的硬音，稱之為「硬音化」。

前字的 收尾音	+	後字的 子音		後字子音 硬音化
ㅂ		ㅂ	→	ㅃ
		ㄷ	→	ㄸ
ㄷ	+	ㅈ	→	ㅉ
		ㅅ	→	ㅆ
ㄱ		ㄱ	→	ㄲ

● 唸唸看！跟著錄音朗讀以下詞彙。

1. 잡비 [→ 잡삐]　　　　雜費
2. 있다 [→ 읻따]　　　　有／在
3. 답장 [→ 답짱]　　　　回覆
4. 학교 [→ 학꾜]　　　　學校
5. 입국 [→ 입꾹]　　　　入境

● 鼻音化/子音同化

020

收尾音 ㅂ. ㄷ. ㄱ 碰到下一個字的子音為 ㅁ. ㄴ 時，會被影響而發成 ㅁ. ㄴ. ㅇ 的鼻音，稱之為「鼻音化／子音同化」。

前字的 收尾音	+	後字的 子音		前字收尾音 被子音同化
ㅂ	+	ㅁ/ㄴ	→	ㅁ
ㄷ	+	ㅁ/ㄴ	→	ㄴ
ㄱ	+	ㅁ/ㄴ	→	ㅇ

● 唸唸看！跟著錄音朗讀以下詞彙。

1. 공부합니다 [→ 공부함니다]　　學習
2. 꽃무늬 [→ 꼰무니]　　花紋
3. 읽는 책 [→ 잉는 책]　　正在讀的書

CHAPTER **1**

韓語學習者
經常用錯的表現

1 如果不小心用錯，意思就會大不同的「에」跟「에서」。

2 你說한 사람要吃삼 인분的五花肉？

3 不是상수역，請去성수역。

4 我說「저」是尊待語。

5 韓國的「오빠」跟「언니」還真多啊。

6 我說褲子是「입다」、手錶是「차다」、眼鏡是「쓰다」！

7 鉛筆盒裡有很多「볼펜들」、「연필들」跟「지우개들」。

8 안녕히 가세요？還是안녕히 계세요？

9 越用越亂的「여기／거기／저기」。

10 越用越搞不清楚的「오다」跟「가다」。

接在「場所」後面的「에」跟「에서」外形相似，但使用上大不相同。
丹尼犯了什麼樣的錯誤呢？看著對話，試著了解「에」跟「에서」吧。

021

선배1	우리 동아리에 캐나다 학생이 들어왔다고 들었는데…	前輩 1	聽說我們社團來了一位加拿大學生…
선배2	이름은 대니. 우리 과 새내기야. 대니, 자기소개 부탁해.	前輩 2	名字是丹尼，是我們系上的新生。丹尼，請自我介紹。
대니	처음 뵙겠습니다. 캐나다에 온 대니라고 합니다.	丹尼	初次見面，我是來加拿大的丹尼。
선배1	(웃으며) 여기는 캐나다가 아니고 한국이야.	前輩 1	（笑）這裡不是加拿大，是韓國。
대니	앗! 죄송합니다. 캐나다에서 온 대니라고 합니다. 잘 부탁합니다!	丹尼	啊！對不起。我是來自加拿大的丹尼。請多多指教！

N + -이／가 아니다 : 不是 N。

예 이 분은 미국 사람이 아니에요 . 한국 사람이에요 . 這位不是美國人。是韓國人。

N + -(이) 라고 하다 : 叫做 N。

예 저는 김수정이라고 합니다 . 我叫做金水晶。

V + -았／었는데 : 講述過去的表達。

예 거기서 점심을 먹었는데 참 맛있었어요 . 在那邊吃了午餐,真美味。

字彙與表現

캐나다 加拿大
입학 (하다) 入學
과 科系
새내기 大一新生 (＝신입생)

자기소개 自我介紹
잘 부탁합니다 請多多指教
처음 뵙겠습니다 初次見面

迷你課堂

「에」跟「에서」是接在場所後面的韓語助詞。雖然外形相似,但「에」接在「目的地」後,「에서」接在「出發地點、起點」後,因此容易用錯。讓我們用「한국 (場所) + {에／에서} 가다」這個句子當例句來看一下。「한국에 가다」中,「한국」等於目的地;「한국에서 가다」中「한국」等於出發地點,因此意思完全不一樣。由於互換使用意思會相反,所以務必要小心。我們再來多了解一點「에」跟「에서」的用法吧。

에	에서
• 위치 / 장소 位置／場所	• 행위가 일어난 장소 行為發生的場所
예 교실에 칠판이 있어요. 教室裡有黑板。	예 저는 매일 학생 식당에서 밥을 먹어요. 我每天在學生餐廳吃飯。
• 목적지 目的地	• 출발점 出發地點、起點
예 저는 주말마다 명동에 가요. 我每個周末都會去明洞。	예 부산에서 서울까지 KTX로 두 시간 걸려요. 從釜山到首爾,搭KTX會花兩小時。
• 대상 對象	• 주체 主體
예 한국 문화에 관심이 있어서 한국에 왔어요. 因為對韓國文化有興趣,所以來到韓國。	예 A 회사에서 신제품을 만들었다. 在A公司製造新產品。
• 시간 時間 예 저는 보통 아침 7시에 일어나요. 我通常早上7點起床。	

022

1分鐘口說訓練 請朗讀「여름방학 때 어디에 놀러 갔어요？」

예 저는 이번 여름방학에 친한 친구하고 부산에 갔어요. 서울역에서 KTX를 타고 두 시간 반 걸려서 부산역에 도착했어요. 부산은 여름에 특히 인기가 많아서 그런지 사람들이 무척 많았어요. 우리는 부산역에서 택시를 타고 호텔에 갔어요. 우리 방에서 바다가 보여서 기분이 아주 좋았어요. 맛있는 회도 먹고, 호텔 앞 바닷가에서 친구와 예쁜 사진도 찍고 물놀이도 했어요.

中文翻譯 這次暑假我跟好友一同去了釜山。我們從首爾火車站搭 KTX，花了兩小時半抵達釜山。不曉得是不是釜山夏天人氣特別旺的緣故，人超多。我們從釜山火車站搭計程車去酒店。從我們房間就可以看到海，心情非常好。我吃了美味的生魚片，跟朋友在酒店前的海邊拍了美麗的照片，還玩水。

QUIZ

✓ **請閱讀下列句子，選出（　）中正確的答案。**

① 방학 때 친구가 고향(에, 에서) 서울로 놀러 오기로 했어요.

② 서울(에, 에서) 부산까지 KTX로 얼마나 걸려요?

③ 저는 수요일마다 학원(에,에서) 초등학생들에게 영어를 가르치고 있어요.

④ 이 호텔 20층(에, 에서) 카페가 있다.

⑤ 내일부터 방학이라서 학교(에, 에서) 안 가요.

✓ ① -에서 / ② -에서 / ③ -에서 / ④ -에 / ⑤ -에

2 你說한 사람要吃삼 인분的五花肉？

023

韓國讀數字的方法有兩種。讀「일、이、삼」是第一種方法，讀「하나、둘、셋」是第二種方法。那就讓我們透過對話，看看應該要在什麼時候、用哪種方法來讀數字吧。

점원	어서오세요, 손님! 주문하시겠어요?	店員	歡迎光臨，客人！您要點餐嗎？
대니	여기 삼겹살 한 인분이랑 소주 일 병만 주세요.	丹尼	請給我一人份的五花肉還有一瓶燒酒。
점원	아, 삼겹살 **일 인분**하고 소주 **한 병**이요?	店員	啊，您要一人份的五花肉跟一瓶燒酒是嗎？
대니	네, 맞아요!	丹尼	是的，沒錯！
점원	손님, 죄송하지만 고기는 **이 인분**부터 주문할 수 있어요.	店員	客人，不好意思，我們肉類必須至少點兩人份。
대니	그래요? 그럼 삼겹살 **이 인분** 주세요.	丹尼	這樣啊？那麼請給我兩人份的五花肉。

文法

V + - (으) ㄹ 수 있다 : 可以…、會…。

예 집에서 학교까지 걸어갈 수 있어요 . 可以從家裡走到學校。

N + - (이) 랑 + N : N 與 N。

예 엄마랑 아이가 함께 보는 영화입니다 . 是媽媽跟小孩一起看的電影。

43

字彙與表現

손님 客人	*（1, 2, 3…）인분 人份
주문하다 點餐	소주 燒酒
맞아요！沒錯！	부터 從
삼겹살 五花肉	하고 和

迷你課堂

韓國的數字有用漢字讀數字的讀法（일、이、삼）以及用固有語讀數字的讀法（하나、둘、셋）兩種。而且，數字的讀法會隨著情況不同有不一樣的讀法。那我們來了解一下，什麼時候應該用哪種讀法吧。首先，用餐時表示分量的「인분（人份）」、表價格的「원（元）」、表時間的「분（分）」、表日期的「월（月）、일（日）」、電話號碼等，要讀第一種讀法（일、이、삼）。但是，表計算年齡的「살（歲）」、標示數量的「명（名）、분（位）、마리（隻）、개（個）、자루（支）、대（台）、잔（盞）、컵（杯）」、時間的「시（O點）」等要讀第二種讀法（하나、둘、셋）。如果不小心很容易用錯，事先多加練習會比較好。那麼，用表格整理一下目前為止學到的內容吧。

數字 I (일, 이, 삼...)	數字 II (하나, 둘, 셋...)
電話號碼 예 010-1234-5678 (공일공에 일이삼사에 오육칠팔)	명（名）／개（個）／마리（隻）／병（瓶）／잔（杯）
세（歲） 예 10(십)세	1(한) 명/개/마리/병/잔
원（元） 예 5,000(오천)원	시 예 7(일곱)시
인분（人份） 예 3(삼)인분	시간 예 5(다섯)시간
월（月）／일（日） 예 7월 13일 (칠)월 (십삼)일	살（歲） 예 15(열다섯)살
분（分） 예 15분(십오)분	

1分鐘口說訓練　請依照時間順序敘述各位的一天。

024

예 저는 보통 아침 여섯 시에 일어나는데, 오늘은 일곱 시에 일어났어요. 어젯밤에 운동을 해서 그런지 아주 피곤했어요. 그래서 늦잠을 잤어요. 8(여덟)시에 아침 식사를 하고 학교 갈 준비를 했어요. 8(여덟)시 30(삼십)분에 출발해서 10(열)시에 학교에 도착했어요. 월요일이어서 그런지 차가 많이 막혔어요. 12(열두)시까지 도서관에서 공부를 하다가 12(열두)시 30(삼십)분에 친구하고 보쌈 식당에 갔어요. 우리는 보쌈 정식을 2(이)인분 먹었어요. 공부를 하고 6(여섯)시에 집으로 돌아왔어요. 7(일곱)시에 가족들과 식사를 마치고 2(두)시간 동안 컴퓨터 게임을 했어요. 친구와 30(삼십)분 동안 전화를 하고 10(열)시쯤 잤어요.

中文翻譯 我通常早上六點鐘起床，不過今天七點才起床。不曉得是不是昨晚運動的關係，非常疲倦。所以我睡得比較晚。早上8點吃完早餐就準備去學校了。我8點30分出發，10點抵達學校。不曉得是不是星期一的緣故，塞車很嚴重。我在圖書館念書念到12點，12點30分跟朋友一起去了菜包肉餐廳。我們吃了2人份的菜包肉定食。讀完書，6點鐘回到家。7點跟家人一起吃完飯之後，玩了2小時的電腦遊戲。跟朋友講了30分鐘的電話，10點左右睡覺。

QUIZ

1　下列選項中錯誤的是哪一個？

① 3시간: 세 시간　　　　② 5살: 오 살

③〔2:05〕두 시 오 분　　④ 10인분: 십 인분

2　請用韓語唸出（　　）中的數字。

오리 (2)마리　　바지 (1)벌　　(10)시 (12)분　　떡볶이 (1)인분　　(5)만 원

1. ②　2. 두/ 한 / 열, 십이 / 일 / 오

45

3　不是상수역，請去성수역。

各位是否也曾因為講錯韓語而感到慌張呢？發音困難的韓語單字是什麼呢？請看丹尼犯的錯誤，思考說韓語時必須注意的點是什麼。

025

대니	기사님, 성수역으로 가 주세요.
택시 기사	상수역이요? 네, 알겠습니다.
(잠시 후)	
택시 기사	도착했습니다. 역 앞에 내려 드릴까요?
대니	네, 3번 출구 앞에 내려 주세요.
(택시에서 내린 후)	
대니	(당황하며) 어? 여기는 상수역 3번 출구잖아!

丹尼	司機先生，請去聖水站。
計程車司機	上水站嗎？好的，我知道了。
（稍後）	
計程車司機	到了。您要在地鐵站前下車嗎？
丹尼	是的，請讓我在 3 號出口前下車。
（下車後）	
丹尼	（慌張）咦？這邊不是上水站 3 號出口嗎？

文法

N＋-（으）로 가다：去N。

V＋-아／어 주세요：請V。

^예 동대문으로 가 주세요. 請去東大門。

N＋-（이）요？：N嗎？

^예 제 나이요? 我的年紀嗎？

V／A／N＋-（이）잖아：這是發現某個新事物時使用的表現。

^예 지갑을 안 가지고 왔잖아! 沒有帶錢包來啊!

字彙與表現

역 站	출구 出口
도착하다 抵達、到達	내리다 下去

迷你課堂

　　大家是否曾像丹尼一樣，講錯目的地結果抵達其他地點呢？尤其，「신촌（新村）」跟「신천（新川）」是學生最常講錯的地名。「신촌」跟「신천」的發音很像吧？「신촌」位於延世大、梨花女大等地；「신천」則位於松坡區，是完全不一樣的地方。因為母音「아、어、오、우、으」區別不易，尤其在講目的地的時候，應該要更小心發音才行。如果發音很難發得正確，不如給對方看地圖，或是直接寫名字給對方看會比較好。

1分鐘口說訓練 請說說看因為韓語犯錯的經驗。

026

^예 한국에 온 지 일주일쯤 되었을 때의 일이에요. 물을 사려고 집 근처 편의점에 갔어요. 가게에 들어가려고 하는데 손잡이가 보이지 않았어요. 아무리 밀어도 문이 열리지 않았어요. 혹시 '아무도 없나?' 하는 생각에 편의점 안을 보니 손님이 보였어요. 저 사람들은 어떻게 안으로 들어갔을까 너무 궁금했어요. 포기하지 않고 문 앞을 계속 왔다 갔다 해보았어요. 하지만 역시 문은 열리지 않았어요. 할 수 없이 다른 사람이 올 때까지 기다려 보았어요. 그때 어떤 손님이 편의점 쪽으로 오더니 문 옆에 있는 긴

버튼을 눌렀어요. 그러니까 드디어 편의점 문이 열렸어요. 자세히 보니까 버튼에 '누르세요'라고 쓰여 있었어요. 너무 창피했어요.

中文翻譯 這是我來到韓國大約一週發生的事情。我為了買水去我家附近的便利商店。我想進去店裡，但沒看到把手。不管我怎麼推，門就是打不開。我心想「難道沒有人在嗎？」然後往店裡看，結果看到裡面有客人。我很好奇他們是怎麼進去的。我不放棄，就一直在店門前走來走去嘗試。但是，門就是打不開。沒辦法，只能一直著等到有其他人來。此時，有個客人朝便利商店走來，按了門旁邊一個長形按鈕。因此，便利商店的門終於開了。我仔細一看，上面寫著「請按」。太丟臉了。

QUIZ

1　請區分以下單字，正確的讀讀看。

① 3시간: 세 시간　　② 5살: 오 살
③ 〔2:05〕두 시 오 분　　④ 10인분: 십 인분

2　請選出符合圖片的單字，正確的讀讀看。

①

우리 / 오리

②

햄버거 / 햄버그

③

우이 / 오이

④

우유 / 이유

2. ① 오리, ② 햄버거, ③ 오이, ④ 우유

4 我說「저」是尊待語。

027

雖然韓國人如果年紀相仿或關係親近會說半語,但對比自己年長或初次見面的人都會說尊待語。尊待語跟半語的表達方式不同,很容易用錯。我們來看一下下面的對話,看看為什麼莎莉會笑吧。

샐리	실례지만 몇 살이세요?	莎莉	不好意思,請問你幾歲?
대니	한국 나이로 21 (스물한) 살이에요. 샐리 씨는요?	丹尼	韓國年齡是 21 歲,莎莉妳呢?
샐리	저는 20 (스무) 살이에요.	莎莉	我 20 歲。
대니	제가 오빠니까 말 편하게 해도 되지?	丹尼	在下是哥哥,可以說半語吧?
샐리	(웃으며) 말 편하게 한다고 했잖아요.	莎莉	(笑)我不是叫你說半語了嗎。

49

N + -（이）세요？：你是 N 嗎？

예 회사원이세요？ 你是公司職員嗎？

N + -（이）니까：因為 N。

예 학생이니까 공부를 열심히 해야 해요. 因為是學生，必須認真讀書。

V／A + -았／었잖아요：你應該要知道 V／A。用於當話者跟聽者都知道的事實時。

예 같이 영화 보러 가기로 했잖아요. 不是說好一起去看電影的嗎。

실례지만 抱歉、不好意思
몇 살이세요？ 請問你幾歲？（＝나이가 어떻게 되세요？）
오빠 哥哥
말을 편하게 하다 說半語。

迷你課堂

　　韓語是從尊待語開始學的，如果突然想說半語，是不是會覺得尷尬而且有點搞不清楚呢？由於從尊待語轉換為半語時，主要會如「가요→가」、「갑니다→가」、「공부해요→공부해」改變敘述語的部分，因此容易忽略主語「저」。不過，「저」是「나」的尊待語，所以講半語時請不要忘記把「저」改為「나」喔！

尊待語 → 半語		尊待語 → 半語	
저	나	-(으)ㅂ시다	-자
여러분	너(희)	-(으)세요	-아/어
-입니다/(이)에요	-(이)야		
-아/어요	-아/어		

1分鐘口說訓練 請用半語自我介紹。

028

예 얘들아 안녕? 나는 중국에서 온 아린이라고 해. 나이는 스무 살이고 지금 한국대학교에서 한국어를 공부하고 있어. 중국에서 한 6개월 정도 한국어를 혼자서 공부하다가 한국에 와서 공부를 하니까 한국 문화도 배우고 한국어 실력도 빨리 늘어서 너무 좋아. 나는 요리하는 걸 좋아해서 저녁은 매일 집에서 직접 만들어 먹어. 지금은 한국 음식도 할 줄 알게 되어서 매일 한식을 먹고 있어. 특히 김치볶음밥을 잘 만들어.

中文翻譯 嗨，朋友們。我是來自中國的雅琳。年齡是20歲，現在在韓國大學學韓語。我在中國自學6個月左右的韓語後來到韓國念書，既可學習韓國文化又能快速增進韓語實力，太開心了。因為我喜歡做料理，所以我每天晚上都在家裡自己開伙。如今也會做韓國料理，所以每天煮韓國料理來吃。我特別會做泡菜（辛奇）炒飯。

QUIZ

1 請把自己的名字帶入○○內，用半語朗讀下方文章。

> 안녕하세요? 제 이름은 ○○이라고 합니다. 저는 ○○에서 왔어요. 나이는 ○○살입니다. 지금 ○○에서 공부하고 있어요. 만나서 반갑습니다. 앞으로 여러분과 친하게 지내고 싶습니다.

2 請選出下方正確使用尊待語的句子。

① 저는 대학생이다.
② 너와 친하게 지내고 싶어요.
③ 저는 요리하는 것을 좋아해요.
④ 나는 일본에서 온 리나라고 해요.

1. **예** 안녕? 내 이름은 ○○(이)라고 해. 나는 ○○에서 왔어. 나이는 ○○살이야. 지금 ○○에서 공부하고 있어. 만나서 반가워. 앞으로 너희들과 친하게 지내고 싶어.
2. ③

51

在韓國,稱呼其他人的用字還真獨特且有趣。韓語中有哪些稱呼呢?
另外,容易用錯的稱呼有哪些呢?讓我們一起來看下面的對話吧。

029

대니	저기 우리 과 선배 간다! (큰 소리로) 수지 선배!!	丹尼	那邊是我們系上的前輩!秀智學姊!
수지	오랜만이야, 대니! 잘 지냈지? 근데 여기서 뭐해?	秀智	好久不見,丹尼!過得還不錯吧?不過你在這裡幹嘛?
대니	수업 끝나고 잠깐 쉬고 있었어요. 근데 언니 점심 먹었어요? 안 먹었으면 저랑 같이 먹어요.	丹尼	我下課在這裡稍微休息一下。不過,「언니(姊)」妳吃過午餐了嗎?沒吃的話,跟我一起吃吧。
수지	(웃으며) 그래 같이 먹자. 근데 네가 '언니' 라고 부르니까 기분이 좀 이상하다.	秀智	(笑)好,一起吃吧。不過你叫我「언니」感覺好怪。
대니	(당황하며) 앗! 죄송해요. 누나! 제가 또 헷갈렸어요.	丹尼	(慌張)啊!抱歉。누나!我又搞混了。

52

V ／ A ＋ –（으）니까：因為 V ／ A。

예 바쁘니까 다음에 보자. 因為忙，下次見吧。

V ／ A ＋ –（으）면：如果 V ／ A。

예 시간이 있으면 저랑 같이 식당에 갈래요? 如果有時間，要不要跟我一起
去食堂？

字彙與表現

과 科系	헷갈리다 混淆、搞混
선배 前輩	잘 지내다 過得好
언니／누나 姊姊	여기（에）서 뭐해? 你在這裡幹嘛?
（기분이）이상하다 （感覺）怪怪的	근데 不過、可是

迷你課堂

　　在韓國，根據話者的性別不同，稱呼對方的用語也會不一樣。譬如，當要親近地稱呼比自己年紀略長的女性時，若話者為女性得說「언니」；若話者為男性得說「누나」。此外，當要親近地稱呼比自己年紀略長的男性時，若話者為女性得說「오빠」；若話者為男性得說「형」。那麼，該怎麼稱呼比自己年紀小的人呢？若關係親近，只需稱呼對方的名字即可。相信大家都曾聽過韓國人稱呼食堂大嬸為「이모」。在韓國，雖然不是家人，但也可以稱呼爸爸的朋友為「삼촌」，稱呼媽媽的朋友為「이모」。

1分鐘口說訓練　請介紹親近的前輩或後輩。

030

예 지영 언니를 소개합니다. 저는 지영 언니를 동아리에서 만났어요. 언니는
우리 동아리 회장인데, 공부면 공부, 동아리면 동아리, 뭐든지 열심히 해
요. 저의 고민도 잘 들어주고 맛있는 밥도 잘 사주는 지영 언니가 저는 참
좋아요. 다음 학기에 언니가 졸업을 하기 때문에 너무 슬퍼요. 언니와 함
께 지내는 동안 소중한 추억을 더 많이 만들고 싶어요.

中文翻譯 我要介紹智英姊。我是在社團認識智英姊的。智英姊是我們社團會長，讀
書就讀書，社團就社團，不管做什麼都很認真。我真的很喜歡不僅會聽我
訴說煩惱，還常常請我吃好吃料理的智英姊。下學期智英姊就要畢業了，
太傷心了。與智英姊相處的這段時間，我想留下更多珍貴的回憶。

✅ 應該怎麼稱呼呢?

① 大我三歲的社團學長　　　　② 小我兩歲的妹妹金宥美

→　　　　　　　　　　　　→

③ 常去餐廳的大嬸　　　　　　④ 我們公寓的警衛大叔

→　　　　　　　　　　　　→

✅ ① 오빠 (또는) 형 / ② 유미야 / ③ 아주머니,이모님,이모,사장님 / ④ 아저씨

韓語中，表達穿跟戴的表現很多樣化。請閱讀以下對話，看看在什麼情況應該使用哪種表現吧。

031

샐리	언니 오늘 치마 입었네요? 너무 잘 어울려요!	莎莉	姊妳今天穿裙子呀？太適合妳了。
수지	응, 오늘 중요한 약속이 있어서. 오~ 선글라스 예쁘다!	秀智	嗯，因為今天有重要的約會。喔～墨鏡很漂亮喔！
샐리	햇볕이 너무 뜨거워서 입었어요.	莎莉	太陽太大了所以「穿」了墨鏡。
수지	(웃으며) 선글라스는 '입는' 게 아니라 **'쓰는'** 거야.	秀智	（笑）墨鏡不是用「穿的」，是用「戴的」。
샐리	아, 그렇지! 한국어는 너무 복잡해요.	莎莉	啊，沒錯！韓語太複雜了。

V／A＋－네요：表示驚訝或發現什麼的語尾。

예 날씨가 참 좋네요! 天氣真好呢！

V／A＋－아／어서：因為 V／A。

예 길이 좀 막혀서（늦었어）. 因為路上有點塞所以（遲到了）。

字彙與表現

치마 裙子	선글라스 墨鏡
입다 穿	햇볕 太陽光
잘 어울리다 很適合	뜨겁다 熱
약속 約會	복잡하다 複雜

迷你課堂

「입다、벗다、쓰다、끼다」這類單字叫做穿戴動詞。韓語會根據「在哪」做「什麼」使用不一樣的動詞。譬如褲子、裙子、襯衫之類的衣服用「입다」；襪子或鞋子等與「腳」有關的用「신다」；墨鏡、帽子等用於臉部或頭部的用「쓰다」；戒指用「끼다」；圍巾、披巾等用「하다」表達。不過，眼鏡因為是蓋在臉上且掛在耳朵上，所以「끼다」跟「쓰다」皆可使用。不能用「입다」來搭配衣服之外，如眼鏡這種物品；也不能用「신다」來搭配襪子以外，如褲子這樣的物品。飾品之類的東西可以直接使用「하다」即可。那麼，我們來整理一下學到的內容吧。

입다	신다	쓰다	끼다	하다
夾克、開襟毛衣、T恤、夏威夷襯衫、褲子、裙子	襪子、鞋子	眼鏡、墨鏡、帽子	戒指、手套、手錶	耳環、圍巾、披巾、髮箍

1分鐘口說訓練 暑假時要穿什麼去呢?請描述各位的外表。

032

예 저는 여름 휴가 때 부산 해운대로 놀러 갔어요. 낮에는 물놀이에 어울리는 짧은 반바지와 티셔츠를 입고 가벼운 샌들을 신었어요. 뜨거운 햇볕을 막기 위해 커다란 모자와 선글라스도 썼어요. 밤이 되니 약간 쌀쌀해서 긴 카디건을 입었어요. 낮에 햇볕이 너무 뜨거워서 그런지 피부가 까맣게 탔어요.

中文翻譯 我暑假時去釜山的海雲台玩。白天穿了適合玩水的短褲、T恤跟輕便的涼鞋。為了阻擋炎熱的陽光,我還戴了大帽子跟墨鏡。到了晚上因為有點涼,我穿了開襟毛衣。不曉得是不是白天陽光太大的關係,皮膚曬黑了。

QUIZ

1 請填入正確的穿戴動詞。

(   )   (   )   (   )   (   )

2 請選出不符合圖片的穿戴動詞。

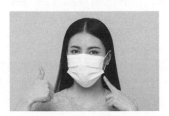

① 쓰다   ② 입다

③ 끼다   ④ 하다

---

1. 하다 / 쓰다, 끼다 / 입다 / 신다   2. ②

57

033

中文跟韓文一樣，不會在複數的人或物品後加上表複數的「S」。那麼，什麼時候會用到韓語中的「-들」呢？讓我們看看下面的對話來確認一下吧。

샐리	와~ 필통이 아주 크네요.	莎莉	哇～你的鉛筆盒好大喔。
민호	(필통을 보여주며) 저는 문구를 모으는 게 취미거든요.	民浩	（展示鉛筆盒）我喜歡收集文具。
샐리	아~ 그래서 필통에 볼펜들, 지우개들, 연필들이 아주 많군요.	莎莉	啊～所以鉛筆盒裡才有這麼多的原子筆們、橡皮擦們跟鉛筆們呀。
민호	(웃으며) 볼펜, 지우개, 연필을 사람처럼 말하니까 재밌네요.	民浩	（笑）妳講原子筆、橡皮擦跟鉛筆的時候就像在講人一樣，真有趣。
샐리	(당황하며) 아… 제가 또 무슨 실수를 했나 봐요. 어, 저기 우리 과 **친구들**이 오네요!	莎莉	（慌張）啊…看來我又犯了什麼錯誤。哦，我系上的同學們來了呢！

V／A＋－네요：表示驚訝或發現什麼的語尾。

예 날씨가 참 좋네요! 天氣真好呢!

V／A＋－나 봐요：我猜V／A。

예 수정 씨가 전화를 안 받는 걸 보니까 지금 자고 있나 봐요.
看水晶不接電話，現在大概在睡覺。

字彙與表現

취미 興趣	지우개 橡皮擦
문구 文具	연필 鉛筆
모으다 收集	부르다 稱呼
필통 鉛筆盒	실수하다 犯錯
볼펜 原子筆	처럼 像

迷你課堂

韓語中，即便物品有好幾個，也不用「－들」表示。尤其像是在「（한）명、개、마리、잔」這種表人、動物、物品數量的單字後，是不接「－들」的。因此，不是「의자 10 개들、학생 5 명들」，應該說「의자 10 개、학생 5 명」才對。那麼，什麼時候會用到韓語中的「－들」呢？會像「사람들、친구들、학생들」這樣接在「人」的後面。但是，不接「－들」也很自然。

034

1分鐘口說訓練　請介紹一下自己包包裡的物品。

예 제 가방에 있는 물건을 소개할게요. 제 가방 속에는 지갑이랑 휴대폰이 있어요. 노트북이랑 필통도 있고요. 필통 속에는 볼펜 세 자루하고 연필 한 자루가 들어있어요. 그리고 소설책도 한 권 있어요. 심심할 때 읽으려고 가지고 다녀요. 거울이랑 화장품도 들어있어요.

中文翻譯 我要介紹我包包裡面的物品。我的包包裡有錢包跟手機。還有筆記型電腦跟鉛筆盒。鉛筆盒裡放了三支原子筆跟一支鉛筆。還有一本小說。想說無聊的時候可以讀一下就帶著了。還放了鏡子跟化妝品。

1 請從下列添加「- 들」的選項中，選出語句不自然的句子。

① 우리 반 친구들이 너를 기다리고 있어.

② 댄스 동아리에 신입생들이 많이 들어왔어요.

③ 공부 중이니까 너희들 좀 조용히 해.

④ 고양이가 새끼를 세 마리들이나 낳았다.

2 請從下圖中選出適合添加「- 들」的選項。

① ② ③ ④

---

1. ④ 2. ④

035

韓國人見面時，會開心地說「안녕하세요？」打招呼。那麼，分開時應該要說什麼道別呢？請閱讀下方對話，想想看正確的問候語是什麼。

대니	준호 형, 저녁 맛있게 먹고 갑니다.	丹尼	俊昊哥，謝謝你招待我吃晚餐，我先離開了。
준호	그래, 학교에서 가까우니까 자주 놀러 와.	俊昊	好，這離學校不遠，常來玩。
대니	네, 그럴게요. 그럼 안녕히 가세요!	丹尼	好的，我會的。那麼，「안녕히 가세요（請好好地走）」。
준호	(웃으며) 여기는 우리 집이니까 '안녕히 계세요' 라고 해야지.	俊昊	（笑）這是我家，你應該說「안녕히 계세요（請好好地待著）」。

V＋－（으）ㄹ게요：我會／我要 V。

예 저 먼저 갈게요. 我先離開了。

V／A＋－（으）니까, N＋－（이）니까：因為 V／A／N。

예 토요일이니까 학교에 안 가도 돼요. 因為是星期六,所以不用去學校沒關
係。

저녁 晚餐	놀러 오다 來玩
가깝다 近	그럴게요 好的、會的
자주 經常	

迷你課堂

　　A 受到 B 的邀請。A 要回家的時候,應該怎麼向 B 問候呢?還有,B 應該跟
A 說什麼呢?兩個人的問候語是一樣的嗎?還是說不一樣呢?首先,B 要跟 A 說「안
녕히 가세요(或잘 가)」。然後,A 要跟 B 說「안녕히 계세요(或잘 있어)」。
兩者個差別是什麼?只要想著誰離開、誰留下來,這樣就比較容易理解了。來,這
次換成 A 跟 B 在明洞碰面然後要道別。這次 A 跟 B 應該互相跟彼此說什麼?是的,
沒錯。這次只要跟彼此說「안녕히 가세요(或잘 가)」就可以了。像這樣,「안
녕히 가세요」跟「안녕히 계세요」外形相似,但意義卻大不相同。

1分鐘口說訓練 各位在自己的國家道別時,是怎麼問候的呢?請說說看。

036

예 한국 사람들은 친구나 동생과 헤어질 때 '안녕' 또는 '잘 가/잘 있어'라
고 인사해요. 그리고 윗사람에게는 '안녕히 가세요', '안녕히 계세요'라
고 인사하고요. 어디에서 헤어지는지, 상대방이 나보다 나이가 많은지 적
은지 등을 모두 생각해야 해요.

中文翻譯 韓國人跟朋友或弟弟妹妹分開時,會說「안녕」或「잘 가/잘 있어」問
候。然後對上位者會使用「안녕히 가세요」、「안녕히 계세요」來問候。
在哪裡分開、對方的年紀比我大還是比我小等,全都必須考慮到才行。

1 請選出適合填入（ ）中的問候語。

> 미영: 집들이에 초대해 줘서 고마워.
>
> 진영: 미영아, 잘 가!
>
> 미영: 진영아, 너도 (   ).

① 잘 가   ② 잘 있어

③ 안녕히 계세요   ④ 안녕히 가세요

2 請選出可以填入下方兩個（ ）內的共通問候語。

> 준수: 오랜만에 너무 즐거웠어요.
>
> 지수: 저도요. 준수 씨, 앞으로 자주 봐요.
>
> 준수: 좋아요. 자주 연락할게요.
>
> (버스 정류장으로 걸어가면서)
>
> 지수: 그럼 우리 여기에서 헤어질까요?
>
> 준수: 좋아요. 어, 저기 700번 버스가 오네요. 지수 씨, (   )!
>
> 지수: 네, 준수 씨도 (   )!

① 잘 가   ② 잘 있어

③ 안녕히 계세요   ④ 안녕히 가세요

1. ②   2. ④

031

中文裡所指對象比較近的時候會說「這」，所指對象比較遠的時候會說「那」。但是，韓語就稍微複雜一點了。請閱讀下方對話，了解韓語的指示代名詞吧。

대니	(뛰어나오며) 여긴 너무 뜨거워서 안 되겠다. 샐리, 그 방은 어때?	丹尼	（跑出來）這裡太熱了，我待不住了。莎莉，那個房間怎樣？
샐리	여기도 엄청 뜨거워.	莎莉	這裡也超熱的。
대니	그래? 그럼 저기 끝에 있는 저 방은 어떨까?	丹尼	這樣啊？那麼，那邊底部那間房間怎麼樣？
샐리	거긴 나도 안 가 봐서 잘 모르겠는데?	莎莉	那邊我也沒去過，不曉得耶。
대니	아이들이 들어가는 걸 보니까 별로 안 뜨거운가 봐. 한번 가 보자!	丹尼	看孩子們都進去了，應該不怎麼熱。我們去那邊看看吧！

Ｖ／Ａ＋－（으）ㄴ걸 보니까 Ｖ／Ａ＋－（으）ㄴ가 봐요：我看Ｖ／Ａ，
應該Ｖ／Ａ吧。

📄 친구가 전화를 안 받는 걸 보니까 지금 바쁜가 봐요.

我看朋友沒接電話，現在應該很忙吧。

Ｖ＋－아／어 보다：試著Ｖ。

📄 한번 입어 보세요. 請試穿看看。

별로＋안＋Ａ／Ｖ：不怎麼Ａ／Ｖ。

字彙與表現

뜨겁다 熱	방 房間
아이들 孩子們	엄청 非常

迷你課堂

　　韓語中，所指對象根據距離分成三個階段。首先，「이（여기）」是離話者比較近的對象；「그（거기）」是離聽者比較近，或兩人剛剛提過的對象；「저（저기）」則是指距離兩人都很遠的對象。其中「그것（거기）」與「저것（저기）」容易混淆，請多加留意！

1分鐘口說訓練　請以自己居住的地方為中心，介紹周邊環境。

038

📄 지금부터 우리 동네를 소개할게요. 우리 집 바로 앞에는 분식집이 있어요. 그리고 바로 그 옆은 카페인데, 맛있는 커피를 싸게 먹을 수 있어서 자주 가요. 저기 보이는 건물은 우리 동네에서 제일 큰 백화점이에요. 그 백화점에는 옷가게, 신발가게 등 다양한 가게가 있어요. 지하에는 식당도 많고요. 큰 영화관이 있어서 주말에 친구들이랑 영화 보러 자주 가요. 그리고 백화점 맞은편에는 작은 공원이 있어서 가볍게 산책도 할 수 있어요.

中文翻譯 我現在要來介紹我們社區。我們家的正對面有一間麵店。然後旁邊就有一家咖啡廳，因為可以喝到便宜的咖啡，所以常常去。那邊看到的建築物，是我們社區最大的百貨公司。那間百貨公司裡有服飾店、鞋店等各式各樣的店家。地下樓面餐廳也很多。因為有大型電影院，所以我周末經常跟朋友一起去看電影。還有，百貨公司的對面有個小公園，也可以去那邊散步走走。

1 小朋友跟媽媽說什麼呢？請選出適合填入（ ）的選項。

엄마,
（ ）
뭐예요?

① 이건(이것은)　　　　② 그건(그것은)

③ 저건(저것은)　　　　④ 어디

2 請閱讀下列文章，並選出適合填入（ ）的正確選項。

> 저녁을 먹으러 가족들과 동네 식당에 갔다. 주문을 하려고 하는데 점원이 나에게 반갑게 인사를 했다. 깜짝 놀라서 보니까 내 친구였다. 친구 준수가 （ ）에서 아르바이트를 하고 있었던 것이다.

① 여기　　　　② 저기

③ 거기　　　　④ 어디

1. ①　2. ③

10 越用越搞不清楚的「오다」跟「가다」

什麼時候應該用「오다」，什麼時候應該用「가다」呢？讓我們閱讀以下對話來確認一下吧。

039

수지	샐리야, 오늘 수업 끝나고 쇼핑몰에서 보자.	秀智	莎莉，今天下課後在購物中心見吧。
샐리	알았어요. 언니, 그럼 이따 봐요.	莎莉	知道了。姊，那待會見。
(수업 후)		（下課後）	
수지	샐리, 지금 어디야? 난 좀 일찍 도착해서 지금 4층에 있어.	秀智	莎莉，妳現在在哪裡？我比較早到，現在在四樓。
샐리	저도 막 도착했어요. 지금 1층이에요.	莎莉	我也剛到而已，現在在一樓。
수지	그럼 네가 4층으로 **올래**? 아니면 내가 1층으로 **갈까**?	秀智	那妳要來四樓嗎？還是我去一樓找妳？
샐리	전 여기서 화장품 좀 사려고요. 언니가 이쪽으로 **올래요**?	莎莉	我想在這邊買化妝品，姊姊要來這邊嗎？

67

V + – 고 있다：正在 V。

 例 밖에 비가 오고 있어요 . 外面正在下雨。

V + – （으）ㄹ래？你要 V~ 嗎？〔詢問他人的意見或想法〕

例 나랑 같이 영화보러 갈래？ 要跟我一起去看電影嗎？

V + – （으）려고요：我打算／要 V。〔計畫〕

例 도서관에서 공부하려고요 . 我要在圖書館念書。

字彙與表現

쇼핑몰 購物中心	도착하다 抵達、到達
이따（가） 待會	화장품 化妝品
막 剛、正	사다 買
일찍 早	

迷你課堂

以話者（A）為中心，動作對 A 來說比較近的話，用「오다」，反之用「가다」。對話中，秀智在四樓，莎莉在一樓。因為是以秀智（A）為基準，所以莎莉到四樓去，對秀智來說是莎莉過來，所以秀智講話時用了「오다」；如果是秀智到莎莉那邊，對秀智來說是她自己過去，所以對話中秀智用了「가다」。而對話最後，莎莉問秀智要不要去找她時，因為話者是莎莉，以莎莉為中心出發，所以對莎莉來說，秀智到她那邊是「來到一樓」，站在莎莉的角度是「秀智過來」而不是「秀智過去」，所以用「오다」。簡單來說，應該用「오다」還是「가다」，要以話者為中心下去判斷。如果對話者來說是離開自己所在的位置前往對方的位置，等同於中文的「去」，要用「가다」；如果對話者來說，沒有離開自己所在的位置，是對方來到自己所在的地點，等同於中文的「來」，要用「오다」。

1分鐘口說訓練 請從一樓開始介紹你們常去的百貨公司（或學校、公司等）。

040

例 저는 친구들과 아이쇼핑을 하러 가끔 하나 백화점에 가요 . 백화점 1층에는 다양한 종류의 화장품이 있어요 . 저는 백화점에 도착하자마자 바로 2층으로 올라가요 . 2층에는 제가 좋아하는 캐주얼한 옷들이 많거든요 . 3층으로 올라가면 여성복을 파는 가게가 있어요 . 엄마랑 쇼핑을 가면 주로 3층에서 옷을 구경하곤 해요 . 한 층 더 올라가면 남성복이 있는데 , 아버지 생신 선물을 살 때 가봤어요 . 5층에는 아동복 코너가 있고 6층에는 가전

제품이 있어요. 쇼핑을 하다가 피곤하면 7층에 가서 밥을 먹거나 차를 마시면서 쉬어요. 하나 백화점은 볼 것도 많고 쇼핑하기에도 아주 편리한 것 같아요.

中文翻譯 我經常跟朋友去一家百貨公司逛街。百貨公司一樓有各式各樣的化妝品。我一到百貨公司就上二樓了。因為二樓有許多我喜歡的休閒服飾。上三樓的話，有許多賣女性服飾的店家。如果跟媽媽一起去購物，主要都是逛三樓的衣服。若再往上一層樓，就是男裝，買爸爸的生日禮物時我有去過。五樓有兒童服飾區，六樓有家電產品。購物如果累了的話，可以去七樓用餐或是喝茶休息。哈娜百貨公司可以逛的東西很多，購物也很便利。

QUIZ

1 請選出下列選項中，正確使用「가다」跟「오다」的句子。

① 샐리, 잠깐 네 방에 들어와도 돼?

② 저도 엄마랑 같이 백화점에 와도 돼요?

③ 내가 지금 좀 바쁜데, 네가 여기로 좀 갈래?

④ 어제 도서관에 갔는데 주말이라서 그런지 조용하더라.

[2-3] 請選出（　）中正確的選項。

2

('딩동' 초인종 소리)

샐리: 누구세요?

이웃: 안녕하세요. 옆집에 새로 이사 온 사람인데요. 이사 떡 좀 드리려고요.

샐리: 아, 그래요? 잠깐만 기다리세요. 곧 (나올게요/나갈게요).

3

('딩동' 초인종 소리)

샐리: 누구세요?

이웃: 안녕하세요. 옆집에 새로 이사 온 사람인데요. 이사 떡 좀 드리려고요.

샐리: 아, 그래요? 잠깐만 기다리세요. 곧 (나올게요/나갈게요).

1. ④　2. 나갈게요　3. 들어가도/들어오세요

CHAPTER **2**

韓語學習者
經常使用的語感
不自然表現

1 不能說「내 엄마」，應該要說「우리 엄마」！

041

「우리（我們）」是韓國人常用表現中的其中一個。韓國人為什麼這麼喜歡「우리」這個詞呢？此外，韓國人什麼時候用「우리」這個單字呢？讓我們閱讀以下對話來確認吧。

대니	나 오늘 좀 일찍 들어갈게.	丹尼	我今天要早點回去。
샐리	왜? 집에 무슨 일 있어?	莎莉	為什麼？家裡有什麼事情嗎？
대니	응~ 오랜만에 엄마가 캐나다에서 오셨거든.	丹尼	嗯～我媽久違的從加拿大來到韓國。
샐리	진짜? (슬퍼하며) 나도 내 엄마 보고 싶다. 고향에 전화해서 엄마 목소리 들어야지!	莎莉	真的？（傷心）我也想念我媽媽。看來得打個電話回老家聽聽媽媽的聲音！
대니	(웃으며) 그거 좋은 생각이야. 근데 '내' 엄마가 아니라 '우리' 엄마라고 하는 거야!	丹尼	（笑）那是個不錯的想法。不過，不是說「我」媽媽，要說「我們」媽媽！

文法

V＋－（으）ㄹ게（요）：我要 V。

예 저 먼저 갈게요 . ／제가 도와드릴게요 . 我先走了。／我來幫您。

V＋－아／어야지：應該要 V。

예 오늘은 일찍 자야지 . 今天應該要早點睡。

V／A＋－거든（요）：因為 V／A～（解釋其他人不知道的原因）

예 내가 오늘 좀 바쁘거든 . 我今天有點忙。

字彙與表現

오랜만에 久違地	일찍 早一點
진짜 真的	들어가다 回去
고향 老家、故鄉	보고 싶다 想念
캐나다 加拿大	목소리 聲音
전화하다 打電話	근데 不過、可是

迷你課堂

中文比較會以「나（我）」為中心，但在韓國常常以「우리（我們）」為中心。中文裡兩種說法都有人用，有些人說「내 학교（我的學校）或우리 학교（我們學校）」、「내 집（我家）或우리 집（我們家）」、「내 나라（我的國家）或우리 나라（我們國家）」，但韓語習慣說「우리 학교（我們學校）」、「우리 집（我們家）」、「우리 나라（我們國家）」。這是因為韓國人認為「大家一起分享所有的一切」。而且，「우리」比「나」更能表達韓國獨有的情感。

1分鐘口說訓練 請介紹我們的家人。

042

예 여러분, 안녕하세요! 지금부터 우리 가족을 소개하겠습니다. 우리 가족은 부모님, 남동생, 저 이렇게 모두 4명입니다. 우리 부모님은 모두 일을 하십니다. 우리 어머니는 학교 선생님이고, 우리 아버지는 IT 회사에서 엔지니어로 일하십니다. 제 남동생은 아직 초등학생입니다. 제 말을 잘 안 들어서 동생이 미울 때도 있지만 너무 귀엽습니다. 지금은 유학을 하느라 오랫동안 가족을 만나지 못해서 가족들이 너무 그리워요. 방학이 되면 고향에 돌아가서 맛있는 음식도 먹고 가족들과 즐거운 시간을 보내고 싶어요.

大家好！我現在要介紹我的家人。我們家一共有父母親、弟弟跟我，總共四位。我的父母都在工作。我媽媽是學校老師，爸爸是IT公司的工程師。弟弟還是小學生。因為弟弟不太聽我的話，有時候很討厭，但他太可愛了。現在因為留學的關係已經很久沒有見到家人，我非常想念我的家人。如果放假，我想回老家，品嘗美食也與家人共度美好時光。

QUIZ

✔ **請選出（　）中正確的詞彙。**

① 이 가방은 (내/우리) 아빠가 생일선물로 사주신 거예요.

② 스승의 날에 (내/우리) 교수님을 위해 파티를 하려고 해.

③ (내/우리) 아파트에 유명한 연예인이 이사 왔어.

④ 다음 달에 (내/우리) 남자친구가 군대를 가서 너무 슬퍼요.

⑤ (내/우리) 학교는 작지만 캠퍼스가 아름답다.

⑥ (내/우리) 집에는 거의 매일 택배가 온다.

⑦ 세상에서 (내/우리) 엄마가 만든 음식이 제일 맛있지.

⑧ (내/우리) 친구 아영이의 꿈은 통역사가 되는 것이라고 한다.

⑨ (내/우리) 나라는 사계절이 아주 뚜렷하다.

⑩ 이건 (내/우리) 물건이니까 만지지 마.

✔ ① 우리　② 우리　③ 우리　④ 내　⑤ 우리
　⑥ 우리　⑦ 우리　⑧ 내　⑨ 우리　⑩ 내

043

中文在講第三人稱時，會使用「그（他）」跟「그녀（她）」這樣的
代名詞，但韓語卻不使用這些字。讓我們閱讀對話，了解一下多樣化
的表達方式吧。

수지	샐리, 너 남자친구 생겼어?	秀智	莎莉，妳交男朋友了？
샐리	와! 소문 정말 빠르네요.	莎莉	哇！消息傳得真快耶。
수지	둘이 어떻게 만났어?	秀智	你們倆怎麼認識的？
샐리	소개팅으로 만났어요.	莎莉	是聯誼認識的。
수지	네 남자친구는 어떤 사람이야?	秀智	妳男朋友是個怎樣的人？
샐리	저랑 동갑이에요. 언제 걔하고 같이 밥이나 먹을까요?	莎莉	跟我同歲。要不要找個時間一起吃頓飯呢？

文法

V ／ A ＋ -네요：表示驚訝或發現什麼的語尾。

예 날씨가 참 좋네요! 天氣真好呢!

V ＋ -（으）ㄹ까요？：要不要 V 呢?

예 같이 산책이나 할까요? 要不要一起散步呢?

字彙與表現

소문 消息、傳聞
소개팅 聯誼、相親
동갑 同年齡、同歲

빠르다 快速
생기다 產生、得到、擁有
걔 他、她、那個人

迷你課堂

　　韓語中指稱第三者的用語相當多樣化。課文對話中也看到，秀智跟莎莉在提到莎莉男朋友時用「네 남자친구（妳男朋友）」跟「걔（他）」來表達。像這樣在韓語中用「OO 씨（先生／小姐）、김 선생님（金老師）、OO 오빠（哥哥）、엄마（媽媽）、아빠（爸爸）」等稱謂直接替代「그、그녀」的情形很多。

1分鐘口說訓練　請介紹自己的好朋友。

044

예 저의 가장 친한 친구 ○○을/를 소개합니다. 저는 그 친구를 초등학교 때 만났어요. 우리는 같은 교회에 다녔기 때문에 자연스럽게 친해졌어요. ○○와/과 저는 노래 부르는 걸 좋아해서 시간이 있으면 같이 노래방에 가서 노래를 부르곤 했어요. 여름 캠프에서 그 친구랑 함께 노래를 불러서 1등도 했어요. 지금 생각해도 정말 좋은 추억이에요. 지금 ○○은/는 미국에 살기 때문에 자주 만날 수 없어서 너무 슬퍼요.

中文翻譯 我要介紹我最好的朋友 OO。我是小學的時候認識那位朋友的。因為我們去同一個教會，自然而然就變親近了。因為我跟 OO 喜歡唱歌，所以只要有時間就會一起去 KTV 唱歌。我跟那位朋友在夏令營一起唱歌還得了第一名。現在回想都覺得真是美好的回憶。因為 OO 現在住在美國，無法常常見面，所以很傷心。

1 請選出適合填入（　　）中的選項。

> 우리 가족은 아빠, 엄마, 오빠, 그리고 저 이렇게 네 명이에요.
> (　　　)은/는 지금 대학교 4학년이에요. (　　　)은/는 캐나다로 유
> 학을 가기 위해 영어 시험을 준비하고 있어요.

① 그　　② 걔　　③ 오빠　　④ 그분

[2-3] 請選出適合填入（　　）中的選項。

2

> 수지: 아~ 엄마 보고싶다…
> 대니: 왜? (　　　　)이/가 어디 가셨어?

① 그녀　　　　　　　　② 엄마
③ 그분　　　　　　　　④ 그 사람

3

> 샐리: 이제 지나랑 얘기 안 할거야.
> 대니: 너 또 (　　　　)하고 싸웠어?

① 그　　　　　　　　② 그녀
③ 걔　　　　　　　　④ 그분

---

1. ③　　　　2. ②　　　3. ③

3 「제가」跟「저는」的差別。

045

各位，你們知道「제가」跟「저는」、「내가」跟「나는」的差別嗎？讓我們閱讀以下對話，了解一下越用越令人混淆的助詞「이／가」跟「은／는」吧。

회장	지금부터 신입생들의 자기소개가 있겠습니다!	社團團長	現在是新生們的自我介紹時間！
대니	(씩씩하게) 안녕하십니까! **저는** 대니라고 합니다. 운동도 하고 친구도 사귀려고 동아리에 들어왔습니다.	丹尼	（神采奕奕）大家好！我叫做丹尼。我想運動也想交朋友，所以加入社團。
(잠시 후)		（稍後）	
회장	우리 동아리에 미카라는 일본 학생이 들어왔다고 들었어요. **누가** 미카예요?	社團團長	聽說我們社團來了一位叫美卡的日本學生，誰是美卡？
미카	(수줍게) **제가** 미카인데요.	美卡	（害羞）我是美卡。
회장	아, 그렇군요. 그럼 미카 씨의 자기소개도 들어볼까요?	社團團長	啊，這樣呀。那麼，我們也聽聽美卡的自我介紹吧。
미카	안녕하세요. **저는** 미카라고 합니다. 춤추는 걸 좋아해서 댄스 동아리에 들어왔어요. 앞으로 잘 부탁합니다!	美卡	大家好，我叫美卡。我喜歡跳舞，所以加入舞蹈社。以後請多多指教！

V ／ A ＋ - 았／었다고 들었다 : 聽說 V ／ A。

예 작년 겨울은 몹시 추웠다고 들었어요 . 聽說去年非常冷。

V ＋ - (으) 려고 : 我要／我打算 V。

예 공부하려고 도서관에 왔어요 . 我要讀書所以來圖書館。

字彙與表現

신입생 新生	동아리 社團
자기소개 自我介紹	춤추다 跳舞
사귀다 交往、結交、交朋友	잘 부탁합니다 請多多指教。

迷你課堂

　　「이／가」在句子中擔任製造主語的工作。不過,並非所有的主語後面都使用「이／가」。尤其在自我介紹裡,話語的焦點不在「我(我的)」,而是在「誰(姓名)」,因此會如「저는 이수지입니다(我是李秀智)」、「제 이름은 이수지입니다(我的名字叫李秀智)」這樣使用「은／는」。那麼,什麼時候在主語後面接「이／가」呢?沒錯,正是當焦點在主語身上的時候。如「**누가** 제시카예요?(誰是潔西卡?)」、「**제가** 제시카인데요(我是潔西卡)」。覺得有點難嗎?那麼,只要記住,自我介紹的時候在「나」或「저」後面接「는」就好!

1分鐘口說訓練　　請自我介紹。

046

예 여러분 안녕하세요? 저는 샐리라고 합니다. 캐나다에서 왔어요. 한국 드라마를 좋아하고, 한국 문화를 더 알고 싶어서 한국에 오게 되었어요. 한국어를 배우면서 자막 없이 한국 드라마를 볼 수 있게 되어 너무 기뻐요. 한국어를 열심히 공부해서 한국어를 배우고 싶어하는 사람들에게 한국어를 가르치고 싶어요. 앞으로 잘 부탁합니다.

中文翻譯 大家好,我叫莎莉。我來自加拿大。我喜歡韓劇,因為想多了解韓國文化,所以來到韓國。學著韓語,可以不靠字幕看韓國電視劇,真的很開心。我想要努力學韓語,然後教想學韓語的人韓國語。請多多指教。

以下是自我介紹的句子。請選出 （　）中正確的選項。

① 여러분, 안녕하세요. (제가/저는) 수지라고 합니다.

② 제 (나이가/나이는) 22살이고, 대학생입니다.

③ 가장 좋아하는 (취미가/취미는) 여행입니다.

④ 그 중에서도 아이슬란드는 (제가/저는) 가장 좋아하는 곳입니다.

⑤ 여행을 좋아하거나 여행 정보가 필요한 분이 있으면 (제가/저는) 도와 드릴게요.

⑥ 안녕! 내 (이름이/이름은) 수지라고 해.

⑦ 너무 걱정하지 마세요. (저는/제가) 가르쳐 드릴게요.

⑧ 언니하고 저, 이렇게 (우리가/우리는) 자매입니다.

---

① 저는　② 나이는　③ 취미는　④ 제가　⑤ 제가
⑥ 이름은　⑦ 제가　⑧ 우리는

047

「-(으) ㅂ시다」是對他人建議、提議某事的表現。但是，使用這個表現時是有注意事項的。讓我們閱讀以下對話，了解要注意什麼吧。

선생님	오늘 수업은 여기까지! 오늘 배운 내용은 집에서 꼭 복습하세요!	老師	今天的課就上到這裡！請大家在家裡一定要複習今天學習的內容！
학생1	그럼 오늘 배운 거 바로 연습할게요. "선생님, 수업이 끝났으니까 같이 점심 먹으러 갑시다!"	學生 1	那我馬上來練習今天學的內容吧。「老師，既然已經下課了，我們一起去吃午餐吧！」
학생2	야! 그 표현은 선생님께 쓰면 안 되잖아!	學生 2	喂！那個表現不能對老師使用的啊！

文法

V＋ー（으）ㄹ게요：我會／我要 V。

예 저 먼저 갈게요. ／제가 도와드릴게요. 我先離開了。／我來幫您。

V／A＋ー（으）니까，N＋ー（이）니까：因為 V／A／N。

예 비가 오니까 우산을 가지고 가세요. 因為下雨了，請帶雨傘去。

V＋ー（으）ㅂ시다：一起 V 吧。

예 같이 식사하러 갑시다. 一起去用餐吧。

V／A＋ー잖아요：你應該要知道 V／A。用於當話者跟聽者都知道的事實時。

예 같이 영화 보러 가기로 했잖아요. 不是說好一起去看電影的嗎。

字彙與表現

복습 複習	끝나다 結束、完成
연습 練習	바로 立刻、馬上
수업 課	께 對（尊待語）

迷你課堂

　　「ー（으）ㅂ시다」類似中文的「一起…吧」，但這個表現在韓國不可對上位者使用。那麼，想跟上位者建議、提議什麼時，應該使用什麼樣的表現呢？假如想跟老師一起用餐，請說「선생님，같이 식사하러 가실래요？」或「같이 식사하러 가시겠어요？」。如果是關係親近的朋友，說「같이 점심 먹으러 갈래？」會比較自然。

　　那麼，什麼時候用「ー（으）ㅂ시다」呢？如果關係親近還說「식사하러 갑시다」，會有一種生硬的感覺。所以，男性會比女性更常使用這個表現。職場上司也會對下屬、員工們使用這個表現。

1分鐘口說訓練　下個禮拜就畢業了。請寫一封邀請老師一同用餐的信件。

048

예 선생님, 그동안 정말 수고 많으셨습니다. 선생님 덕분에 한국어 실력이 정말 많이 늘었어요. 다음 주 졸업 기념으로 우리반 학생들 다같이 식사를 하기로 했는데, 선생님도 괜찮으시면 저희랑 같이 식사하시겠습니까? 식당은 저희가 예약하겠습니다.

QUIZ

[1-3] 最適合填入（   ）中的選項是哪個呢？

1

> 후배: 누나, 제가 분위기 좋은 카페를 아는데 (   )
>
> 선배: 좋아 커피는 내가 사줄게.

① 같이 가자.　　　　　② 같이 갑시다.

③ 같이 가실래요?　　　④ 같이 가시겠습니까?

2

> 샐리: 대니, 점심 먹었어?
>
> 대니: 아니, 아직.
>
> 샐리: 나도 아직 안 먹었는데… (   )
>
> 대니: 좋지. 한식, 중식, 일식, 양식 중에서 뭐가 좋을까?

① 같이 점심 먹으러 갈래?

② 같이 점심 먹으러 갑시다.

③ 같이 점심 먹으러 가실래요?

④ 같이 점심 먹으러 가시겠습니까?

3

> 사원: 과장님, 괜찮으시면 저희하고 같이 (   )
>
> 과장: 오늘은 점심 약속이 있어서… 다음에 같이 합시다.

① 식사합시다.　　　　② 밥 먹으러 갈래요?

③ 밥 먹으러 갑시다.　④ 식사하러 가시겠어요?

---

1. ③　　　　2. ①　　　3. ④

5 「당신」是「너」的尊待語嗎？

049

「저」是「나」謙遜表達的用語。那麼，「당신」是「너」的尊待語嗎？
請閱讀以下對話，了解「당신」的使用方法吧。

아내 어버이날에 부모님께 뭘 선물하면 좋을까요?	**妻子** 父母節要送爸媽什麼禮物好呢？
남편 몸에 좋은 홍삼이 어때요?	**丈夫** 送對身體好的紅蔘怎麼樣？
아내 아~ 홍삼이요? 부모님이 아주 좋아하시겠어요.	**妻子** 啊～紅蔘嗎？爸媽應該會很高興。
남편 근데 요즘 내가 좀 바쁘니까 선물은 **당신**이 준비해 줄래요?	**丈夫** 不過我最近有點忙，禮物可以請妳準備嗎？

V ＋ － (으) ㄹ까요？：要不要 V 呢？〔詢問聽者的意見〕

예 점심에 뭘 먹을까요? 파스타가 어떨까요?

午餐要吃什麼呢？義大利麵如何？

V ＋ － 아／어 줄래요？：你可以幫我 V 嗎？

예 추우니까 창문 좀 닫아 줄래요? 有點冷，你可以幫我關一下窗戶嗎？

字彙與表現

어버이날 父母節	준비하다 準備
부모님 父母親	홍삼 紅蔘
몸 身體	바쁘다 忙碌
좋아하다 喜歡、高興	

迷你課堂

「당신」是丈夫與妻子之間尊敬稱呼彼此的用語。若非夫妻之間，對話中很少會使用「당신」來稱呼人。比起「당신」，主要使用「언니、오빠、선생님」等稱謂或稱呼姓名。那麼，「당신」這個稱呼方式可以在哪裡看到呢？是的，可以在小說或詩集等文學作品中看到。

1分鐘口說訓練　請給父母錄製一則影音訊息。

050

예 엄마, 아빠 잘 지내고 계시죠? 제가 한국에 온 지 벌써 6개월이 됐어요. 지금 한국은 여름이라서 무척 더워요. 중국도 많이 덥지요? 학교에 다니느라 바빠서 자주 연락을 못 드려 죄송해요. 저는 여기에서 건강하게 잘 있으니까 걱정하지 마세요. 엄마, 아빠 너무 보고 싶어요! 다음 방학 땐 꼭 고향에 갈게요. 그때까지 안녕히 계세요.

中文翻譯 媽媽，爸爸，你們過得好嗎？我來到韓國已經六個月了。現在韓國是夏天，非常熱。中國也很熱吧？因為上學的緣故很忙，無法常常跟你們聯繫，對不起。我在這裡健健康康的，請別擔心。媽媽，爸爸，我好想念你們！下次放假時，我一定會回故鄉的。到時候見。

1 下列表現中，「당신」用法正確的選項是哪一個？

① 당신의 이름은 무엇입니까?

② 선생님, 당신은 식사하셨어요?

③ 당신은 어느 나라에서 오셨습니까?

④ 당신, 지금까지 아이들 키우느라 고생 많았어요.

2 下列對話中，畫底線的部分應該怎麼改才對？

> 학생: 교수님! 출장은 잘 다녀오셨어요?
>
> 교수: 응, 덕분에 잘 다녀왔지.
>
> 학생: 그런데 당신은 언제 돌아오셨어요?

3 請從以下選項中，選出最適合用「당신」來稱呼的選項。

① 후배가 선배에게   ② 동생이 누나에게

③ 이웃집 사람에게   ④ 아내가 남편에게

---

1. ④   2. 교수님   3.④

6 「고맙습니다」跟「고마워요」

051

「감사합니다」跟「고맙습니다」是表達感謝之意的話。不過,「감사합니다」、「고맙습니다」、「고마워요」的意思完全相同嗎?如果不一樣,差別在哪裡呢?請閱讀對話內容思考看看。

<대화 1>	〈對話 1〉
유미　너 어제 결석했지? 내 노트 빌려줄까?	宥美　你昨天沒來吧?要借你我的筆記嗎?
진수　안 그래도 부탁하려고 했는데 … 정말 고마워!	鎮秀　我正想拜託妳呢…真的謝謝妳!

<대화 2>	〈對話 2〉
학생　할머니! 여기 앉으세요. 저는 이번에 내려요.	學生　奶奶！請坐這邊。我這一站就下車了。
할머니　아휴~ 고마워요, 학생!	奶奶　唉呦~謝謝妳，學生！

<대화 3>	〈對話 3〉
학생 교수님, 한 학기 동안 가르쳐 주셔서 정말 **감사합니다.**	**學生** 教授，真的非常感謝您這整個學期的教導。
교수 그동안 수고했어요. 방학 즐겁게 보내기 바랍니다.	**教授** 這段時間辛苦了。祝你們假期愉快。

V＋－아／어 줄까（요）？：要幫你 V 嗎？

예 내가 좀 도와줄까 ? 我來幫你 ?

V／A＋－았／었지？：你 V／A 對吧？〔確認事實〕

예 학교에 또 지각했지 ? 你上學又遲到對吧 ?

V＋－（으）려고 했는데：我原本打算 V。

예 내가 전화하려고 했는데 . 我本來要打電話的。

字彙與表現

결석하다 缺席	안 그래도 你不說、不用你說
노트 筆記、筆記本	그동안 這段時間
학기 學期	방학 放假
가르치다 教、指導、傳授	수고하다 辛苦、辛勞、受累
즐겁게 보내다 愉快地度過	

迷你課堂

　　表達謝意的話有「감사합니다、고맙습니다、감사해요、고마워요」等多種表現。那麼，這些話可以用在任何一種情況裡嗎？答案是△。那麼，什麼時候應該用哪句話呢？「감사합니다」是漢字語，「고맙습니다」是純韓語，兩者意思幾乎一樣。但是，跟上位者說話時，使用「고맙습니다」或「감사합니다」會比「고마워요」、「감사해요」來得自然，對晚輩跟朋友說「고마워（요）」會比「감사합니다」更自然。

1分鐘口說訓練　請錄製一封影像訊息給感激的人。

052

예 아주머니 안녕하세요? 저 옆집에 사는 학생 진아예요. 제가 학교에 가고 없을 때마다 저 대신 택배 받아 주셔서 감사합니다. 그리고 맛있는 음식을 만들면 늘 저희에게 나누어 주셔서 감사합니다. 요즘 날씨가 추운데 감기 조심하세요!

中文翻譯 大嬸您好，我是住在隔壁的學生貞雅。謝謝您在我去上學不在家裡的時候，都幫我代收包裹。還有，也謝謝您只要做了美味的料理，總是會分給我們吃。最近天氣有點涼，請小心別感冒了！

1 請閱讀以下對話，選出適合填入（　）的選項。

> 점원: 손님, 카드하고 영수증 여기 있습니다. (　　　　　　　　　).
> 손님: 네, 수고하세요.

① 고마워 　　　　　　② 감사

③ 고마워요 　　　　　④ 감사합니다

2 請問最適合填入（　）內的選項為何？

> 점원: (뛰어오며) 이 쇼핑백 손님 거 맞지요? 카페에 놓고 가셨네요.
> 손님: 어머! 맞아요. 제 거예요. 정말 (고마워/고마워요).

3 請將以下對話中畫底線的部分改成正確答案。

> 할머니: 가방이 무거워 보이는데 내가 들어줄까?
> 학생: 아니에요. 괜찮아요.
> 할머니: 여기에 놓으면 되니까 이리 줘.
> 학생: 할머니, 고마워요.

---

1. ④ 　　2. 고마워요 　　3.고맙습니다/감사합니다

7　必須雙方都知道才能使用的「잖아」

053

「–잖아（요）」是對話中經常使用的表現。電視劇台詞中也經常出現。但是，若因為經常使用就隨時隨地拿出來用是不行的。請閱讀以下對話，了解什麼時候使用「–잖아（요）」吧。

샐리	프랑스에서 온 그 애 있잖아.	莎莉	不是有個來自法國的朋友嗎。
대니	아~ 조슈아?	丹尼	啊～兆修亞嗎？
샐리	응. 조슈아가 오늘 저녁 방송에 나온대.	莎莉	嗯。聽說兆修亞今天傍晚會出現在電視節目上。
대니	와! 정말? 근데 걔가 왜 TV에 나와?	丹尼	哇！真的？不過他為什麼會上電視？
샐리	응~ 이번에 조슈아가 외국인 케이팝 대회에 나가거든.	莎莉	嗯～因為這次兆修亞要參加外國人 K–POP 比賽。

文法

V／A＋－ㄴ／는대：聽說 V／A。（＝－ㄴ／는다고 하다）

예 선생님이 다음달에 결혼하신대. 聽說老師下個月要結婚。

V／A＋－거든：因為 V／A。（解釋其他人不知道的原因）

예 내가 오늘은 좀 바쁘거든. （그래서 모임에 못 가）我今天有點忙。（所以無法參加聚會）

字彙與表現

프랑스 法國	케이팝 K–POP
걔 他、她、那個人	방송 節目
저녁 傍晚	대회 比賽
나오다 出現、出來	（대회에）나가다 參加比賽

迷你課堂

「－잖아（요）」只能用於談論話者跟聽者都知道的內容。不可用來談論不是雙方都知道的事實。萬一在講只有自己知道的事情時使用「－잖아（요）」，會有指使聽者去確認那件事情或告訴對方原因的感覺。那麼，假如想自然表達「只有我知道的事實」，應該怎麼說呢？只要像莎莉最後那句話一樣，用「－거든」就可以了。

1分鐘口說訓練 請介紹一下自己家鄉最近的新聞。

054

예 지금 호주는 7월이니까 겨울이에요. 그런데 최근 호주의 날씨가 여름처럼 더웠어요. 기온이 20도가 넘었거든요. 저는 호주에서 태어났지만 이런 일은 정말 처음 경험하는 일이에요. 뉴스에서는 이 현상이 지구온난화 때문이라고 해요. 앞으로 또 어떤 일이 생길지 정말 걱정이 돼요.

中文翻譯 現在澳洲是 7 月，是冬天。不過，最近澳洲的天氣像夏天一樣熱。氣溫超過 20 度。雖然我出生在澳洲，但這種事情真的是第一次經歷。新聞報導說，這個現象是因為全球暖化。真擔心以後還會有什麼樣的事情發生。

1 請閱讀以下對話，選出適合填入（ ）的選項。

가: 주말에 뭐해? 같이 영화나 볼까?

나: 미안~ 내가 요즘 ( ).

가: 그럼 시험 끝나고 볼까?

나: 좋아. 그러자!

---

① 한가하거든　　　　② 한가하잖아

③ 시험이 끝났잖아　　④ 시험을 준비하거든

2 請在（ ）中填入適當的內容完成對話。

친구: 너 5개 국어로 말할 수 있다면서?

나: 응, ( )거든.

친구: 아~ 그렇구나. 정말 부럽다.

---

1. ④　　　2. 예 어릴 때 외국에서 오래 살았

應該怎麼回答老師或職場上司等上位者的指示或命令呢？請閱讀以下
對話，思考一下吧。

055

(오후 6시, 편의점에서)	（下午 6 點，便利商店內）
매니저 대니 씨, 상품 정리는 끝났지요?	經理　丹尼，商品都整理完了吧？
대니　지금 정리하는 중이에요.	丹尼　現在正在整理。
매니저 12시까지 하기로 했잖아요. 다음부터 주의해 주세요.	經理　不是說 12 點會整理好嗎？下次請注意一點。
대니　네, 알아요.	丹尼　是，好的。
매니저 대니 씨, 이럴 땐 '알겠습니다' 라고 하는 거예요.	經理　丹尼，這種時候要說「알겠습니다（我知道了）」。

V／A＋−았／었지（요）？：你V／A了吧？〔確認事實〕

예 너도 제주도에 가 봤지? 你也去過濟州島吧？

V＋−중이에요：我正在V。

예 지금 거기로 가는 중이에요. 我現在正在前往那邊。

V＋−기로 하다：我決定V。

예 나는 오늘 명동에서 친구를 만나기로 했다. 我決定今天在明洞跟朋友見面。

字彙與表現

상품 商品、產品
정리 整理、收拾、清理
끝나다 結束、完成、收尾

주의하다 注意、留意
알겠습니다 我知道了。

迷你課堂

　　使用尊待語，有禮貌地跟上位者說話在韓國是非常重要的。在上一頁的對話中，出現丹尼跟經理說話時說錯話的場景。跟上位者說「알겠습니다」，會比說「알아요」或「알았어요」更自然。因為「알겠습니다」是「確實理解對方的話，然後會那麼做」的意思。

1分鐘口說訓練　你有因為韓語的關係被誤會是沒禮貌的經驗嗎？請說說看。

056

예 제가 편의점에서 아르바이트를 할 때 일이에요. 한국에 온 지 얼마 안 되어서 한국말을 잘 못했어요. 사장님 말씀에 제가 '알아요'라고 말하니까 사장님 표정이 좀 안 좋았어요.

中文翻譯 這是我在便利商店打工時的事情。因為才來韓國沒多久，還不太會說韓語。老闆跟我說話，我回他「知道（알아요）」，結果老闆的表情不是很好看。

1 請選出可以填入下方所有（　）內的選項。

과장: 미영 씨, 이것 좀 한 장 복사해줄래요?   사원: 네, (　　　　　　　　　　).
손님: 가방은 2개 부칠게요. 그리고 자리는 창가로 주시겠어요?   공항 직원: 네, (　　　　　　　　　　).
선생님: 내일까지 꼭 가지고 와야 한다.   학생: 네, (　　　　　　　　　　). 선생님!

① 좋아요　　　　　　　② 알아요

③ 알았어요　　　　　　④ 알겠습니다

2 請從以下四個選項中，選出與「알겠습니다」相配的選項。

① 엄마가 아이에게　　　② 누나가 동생에게

③ 점원이 손님에게　　　④ 사장이 직원에게

1. ④　　2. ③

9 「아파」跟「아빠」的關係

057

各位在韓語發音中，最難區分的發音是什麼呢？大部分學生最難區分的發音大概是「다／타／따」、「바／파／빠」。因為可以明確區分這三個發音的語言很少。請閱讀以下對話，思考一下為何正確的發音很重要。

대니	시험 스트레스 때문에 두통이 너무 심해. 집중도 안 되고…	丹尼	因為考試壓力的關係，頭痛得很厲害。也沒辦法專心…
샐리	그럴 땐 목이랑 어깨를 마사지하면 좋아. (대니의 어깨를 마사지하며) 이렇게~	莎莉	那種時候按摩頸部跟肩膀的話效果不錯。（按摩丹尼的肩膀）像這樣～
대니	(아픈 표정으로) 아…아야… 아빠〔아파〕!!	丹尼	（痛的表情）啊…啊啊…爸爸〔痛啊〕！！
샐리	(웃으며) 갑자기 아빠는 왜 불러?	莎莉	（笑）幹嘛突然喊你爸？
대니	아쁘니까〔아프니까〕 그렇지.	丹尼	因為痛啊。

文法

V ／ A ＋ –（으）면 좋아：你應該 V ／ A、如果 V ／ A 很好。

例 바쁠 땐 온라인으로 물건을 사면 좋아（편리해）. 忙碌時，如果上網購物很不錯（方便）。

N ＋（이）랑 ＋ N：N 跟 N。

例 팔이랑 다리가 아파요. 手臂跟腿在痛。

字彙與表現

두통 頭痛	아프다 痛、疼
심하다 嚴重、厲害	마사지하다 按摩
집중이 안 되다 無法專心	목 脖子、頸部
시험 考試、測驗	어깨 肩膀
스트레스 壓力	갑자기 突然、驟然

迷你課堂

　　韓語中，有很多如「아가（孩子）」與「아까（剛剛）」、「아파（痛）」與「아빠（爸爸）」、「자리（位子）」與「짜리（表示價值、面值）」這樣發音稍微不同，意思就大不相同的詞彙。學習外語時，雖然容易發出自己母語本來就有的音，但如果本身母語沒有那個音，就會很難發出正確的音。就像「가／카／까、자／차／짜、다／타／따、바／파／빠」。那麼，這三個音應該怎麼區分才好呢？首先，我們用中文的注音符號跟拼音來舉例。當我們要說「帶（ㄉㄞ丶／dai）」時，「ㄉ／D」跟韓語的「ㄸ [뜨]」發音很接近。還有，「不要（ㄅㄨˊㄧㄠˋ／Bu Yao」的「ㄅ／B」跟韓語的「ㅂ [브]」發音相似。此外，「卡片（ㄎㄚˇㄆㄧㄢˋ／Ka Pian）」的「ㄎ／K」跟韓語的「ㅋ [크]」發音相似。像這樣利用自己知道的發音，就可以輕鬆練習韓語發音。

1分鐘口說訓練 大家喜歡／不喜歡的家務事是什麼呢？請說說看。

058

例 제가 제일 좋아하는 집안일은 빨래예요. 빨래가 끝나고 깨끗한 옷을 보면 기분이 아주 좋아지거든요. 빨래가 다 마른 후 옷을 개는 것도 좋아해요. 예쁘게 개어서 서랍에 넣으면 다시 기분이 좋아져요. 제가 제일 싫어하는 건 청소예요. 바닥을 닦는 게 너무 귀찮거든요. 하지만 청소가 끝나면 기분이 상쾌해져요.

我最喜歡的家務事是洗衣服。洗完衣服看著乾淨的衣服，心情就會變得很好。我也喜歡在衣服乾了之後摺衣服。摺得漂漂亮亮的放進抽屜裡，心情又會變好。我最討厭的家務事是打掃。我非常不喜歡拖地板。但是，打掃完之後心情會很清爽。

QUIZ

1 請看以下圖片，選出正確的單字並正確發音。

① 가방, 카방　② 따갑다, 다깝다　③ 아가, 아까　④ 차장, 짜장

2 請留意畫底線部分的發音，跟朋友玩角色扮演練習看看。

> 대니: 한국에 와서 제일 좋은 게 뭐야?
>
> 샐리: 내가 좋아하는 짜장면을 매일 먹을 수 있는 거!
>
> 대니: 한국에 처음 왔을 때 제일 신기했던 건?
>
> 샐리: 서울에 아파트가 엄청 많은 거.
>
> 대니: 샐리가 제일 좋아하는 계절은?
>
> 샐리: 뜨거운 여름! 빨래가 진짜 잘 마르거든!

1. 가방, 따갑다, 아가, 짜장

059

大家可以靠「說話口吻」辨別是男生還女生嗎？那個方法是什麼呢？
請看以下兩則對話，思考看看。

<대화 1>		〈對話 1〉	
지나	어머나! 샐리, 너 머리했구나. 너~무 이쁘다 얘~!	智娜	天啊！莎莉，妳去用頭髮了啊。太～漂亮了啦～！
샐리	응, 더워서 좀 머리도 자르고 파마도 했지.	莎莉	嗯，太熱了，想剪剪頭髮然後也燙一燙。
지나	근데 좀 많이 잘랐네. 아깝지 않니?	智娜	不過妳剪掉很多耶，不覺得可惜嗎？
샐리	근까~ 자르고 보니 좀 아까운 거 있지.	莎莉	是啊～剪掉後覺得有點可惜。

101

<대화 2>	〈對話 2〉
준호　야! 너 지금 **뭐하냐**?	俊昊　喂！你現在在幹嘛？
진수　카페에서 **여친** 기다리는 중.	鎮秀　我在網咖等我女朋友。
준호　같이 **겜** 안 할래?	俊昊　要不要一起打遊戲？
진수　어제도 같이 했는데 또 **하냐**?	鎮秀　昨天才一起打過，又要打？
진호　넌 맨날 여자친구 안 만나냐?	俊昊　你不也老跟女友見面？
진수　그걸 네가 왜 신경 써?	鎮秀　你關心這個幹嘛？

V ／ A ＋－（는）구나：表達話者的理解、驚訝、發現。

예 꽃이 참 예쁘구나！花真漂亮！

V ／ A ＋－지 않니？：確認事實跟想法。예 아프지 않니？不痛嗎？

같이 안 V ＋－（으）ㄹ래？：要不要一起 V ？

예 나랑 쇼핑하러 안 갈래？要不要跟我一起去逛街？

V ／ A ＋－（으）냐？：你 V ／ A 嗎？예 공부하냐？你讀書嗎？

字彙與表現

머리하다 做頭髮、用頭髮

머리를 자르다 剪頭髮

파마하다 燙頭髮

근데 不過（＝그런데）

아깝다 可惜

근까 所以（＝그러니까）

카페 網咖

겜 遊戲（＝게임）

맨날 每天、總是、老是（＝매일、만날）

여친 女友（＝여자친구）

신경 쓰다 費心、介意

迷你課堂

　　韓語沒有女性說的話跟男性說的話的區別，但是會透過口氣或語調、感嘆詞、表現等給人女性／男性的感覺。像「어머、어머나」這些話就比較女性的感覺，「아이구、어휴、우와」就給人比較男性一點感覺。此外，「－았／었져（쪄）、요기／조기、그치、웅」等像小孩子般的口吻也會給人偏女性的感覺。如果句子結尾用「－니？」，會給人親近以及女性的感覺；若以「－냐？」結尾，會有點生硬、男性的感覺。不過，單憑這樣的口吻跟表現是無法區分女性、男性的。每個人的特點都不一樣。

1分鐘口說訓練 大家認為的「有趣的韓語表現」是什麼呢？請說說看。

060

예 저는 어떤 초등학생 아이가 '먹고 살기 힘들다'고 말을 하는 걸 듣고 재밌다고 생각했어요. 그냥 '힘들다' 보다 '먹고 살고 힘들다' 라고 말하면 힘든 느낌이 훨씬 생생한 것 같아요.

中文翻譯 我聽到有個小學生說「먹고 살기 힘들다（勉勉強強混口飯吃）」覺得很有趣。比起「힘들다（辛苦、累）」，如果說「먹고 살기 힘들다」似乎辛苦的感覺確實生動許多。

1 請將以下對話改寫成媽媽與孩子或是朋友之間的對話。

가: 연수 씨, 점심 맛있게 먹었어요?

나: 배가 아파서 아직 못 먹었어요.

가: 그럼 가까운 병원에 가보는 게 어때요?

나: 방금 약을 먹어서 조금 괜찮아졌어요. 고마워요.

---

1) 엄마와 아이

엄마:

아이:

엄마:

아이:

2) 친구와 나

나:

친구:

나:

친구:

2 下面是男性之間的對話，還是女性之間的對話？請說明理由。

> 가: 연예인 A랑 B가 사귄대.
>
> 나: 어머, 정말?
>
> 가: 응, 인터넷 뉴스에 나왔어.
>
> 다: 야, 넌 그걸 믿니?
>
> 나: 넌 속상해. 나 A 완전 좋아하는데…

---

2. 女性 / 예 使用感嘆詞「어머」以及「-니？」這個語尾。

CHAPTER **3**

韓國人會這樣說！

1 因為太忙所以暈頭轉向的。

2 不是肚子餓，就只是嘴巴無聊。

3 站在外國人前面嘴唇掉不下來。

4 別轉圈圈，說！

5 勉勉強強混口飯吃。

6 你記仇啊！

7 「吃心」學韓語。

8 又不是書包背帶長的人都很成功。

9 你真的肝很大！

10 完全變成蔥泡菜（蔥辛奇）了。

1 因為太忙所以暈頭轉向的

當非常忙碌的時候，韓國人會說什麼呢？請閱讀以下對話確認吧。

061

<대화 1>		〈對話 1〉	
대니	전화해도 안 받고… 왜 이렇게 연락이 없었어?	丹尼	打電話也不接…為什麼都沒消沒息的？
샐리	미안, 시험 준비 하느라 정신이 없었어.	莎莉	抱歉，我準備考試忙得不可開交。

<대화 2>	〈對話 2〉
샐리 며칠 동안 굶은 거야? 정신없이 먹기만 하네.	莎莉 你是餓了幾天？卯起來吃耶。
대니 요즘 다이어트 중인데 오늘이 치팅데이거든.	丹尼 我最近正在減肥，今天是欺騙日。

文法

V + - 느라 : 因為 V ~〔解釋原因〕

예 자느라 전화를 못 받았어 . 因為在睡覺所以沒接到電話。

N + - (이) 거든 : : 因為 N〔解釋別人不知道的事實〕

예 오늘부터 여름방학이거든 . 因為從今天開始放暑假了。

字彙與表現

연락이 없다 沒有消息、沒有聯繫	정신없다 忙得不可開交、暈頭轉向
며칠 幾天	다이어트하다 減肥
동안 期間	치팅데이 欺騙日
굶다 餓、沒吃	

迷你課堂

　　韓語表現有一句話叫「정신없다 (忙得不可開交)」。「정신」是「영혼 (靈魂)」或「마음 (心)」的意思。如果少了「靈魂」或「心」會是什麼樣的狀態呢？應該會是「因為太忙了，沒有辦法想其他事情的狀態」。請試著對久違見到的朋友說「너무 바빠서 정신이 없었어 (因為太忙所以暈頭轉向的)」。對方會關心你的。

1分鐘口說訓練 請使用「정신없다」來聊聊最近最忙碌的那一刻。

062

예 며칠 전에 1년 동안 살던 기숙사를 나와서 원룸으로 이사를 했어요 . 한국에 사는 동안 짐이 많아져서 그런지 짐을 싸는 데 시간이 아주 오래 걸렸어요 . 이사한 후에도 일은 끝나지 않았어요 . 짐을 정리하고 TV와 가스, 인터넷을 신청하고⋯ 할 일이 너무 많아서 정신이 하나도 없었어요.

中文翻譯 幾天前我離開住了一年的宿舍，搬到獨立套房。不曉得是不是住在韓國的這段期間行李變多的關係，打包行李花了很長時間。搬家後事情依然尚未結束。整理行李、申請電視、網路等，要做的事情太多了，忙得我暈頭轉向的。

1 請將正確的內容填入（　　）中。

> 연락이 늦었지? 그동안 결혼 준비 하느라 바빴거든.
>
> → 연락이 늦었지? 그동안 (　　　　　　　　　　　　) 정신이 없었어.

2 請使用「정신이 없다」完成對話。

> 친구: 여보세요. 너 지금 어디야?
>
> 나: 집인데 왜?
>
> 친구: 아직 집에 있으면 어떡해. 오늘 12시에 명동에서 보기로
> 했잖아.
>
> 나: (　　　　　　　　　　　　　　　). 정말 미안해!

3 請在（　　）中填入正確內容，完成句子。

> 지하철에서 정신없이 자다가 (　　　　　　　　　　).

---

1. 예 결혼 준비 때문에

2. 예 숙제하느라 정신이 없어서 약속을 깜빡했어.

3. 예 휴대폰/가방/지갑을 두고 내렸다

2　不是肚子餓，就只是嘴巴無聊。

沒有一起玩的朋友或沒事做時，是不是覺得「심심하다（無聊）」呢？
那麼，「嘴巴」無聊是在講什麼樣的狀態？請閱讀以下對話確認吧。

063

지나	저녁 먹은 지 얼마 안 됐는데 벌써 입이 심심해.	智娜	晚餐才吃沒多久，嘴巴就已經無聊了。
샐리	그럼 오랜만에 야식이나 시켜 먹을까?	莎莉	那要不要久違點個消夜來吃？
지나	너 오늘부터 다이어트 한다고 했잖아.	智娜	妳不是說妳今天開始要減肥的嗎。
샐리	오늘만 먹고, 다이어트는 내일 부터 하지 뭐.	莎莉	就吃今天，減肥明天再開始減囉。

文法

V＋-(으)ㄴ지 얼마 안 되었다：做 V 才剛過不久的時間。

예 대학교를 졸업한 지 얼마 안 됐어요. 才大學畢業沒多久。

V／A＋-다고 했잖아：不是說 V／A 嗎。〔用於話者跟聽者都知道的事實〕

예 같이 영화 보러 간다고 했잖아. 不是說好一起去看電影的嗎。

N＋-(이)나：表示選擇〔作為第二好的選擇〕

예 우리 커피나 한 잔 할까요? 我們要不要去喝杯咖啡之類的?

字彙與表現

야식 消夜	만 僅、只
벌써 已經	다이어트하다 減肥
시켜 먹다 點來吃	입이 심심하다 嘴巴無聊、想吃東西

迷你課堂

　　要理解「입이 심심하다」這個表現，首先必須先思考嘴巴做的事情是什麼。嘴巴會做兩件事，就是說話跟吃東西!「입이 심심하다」這句話跟「吃」有關係。不是有已經吃過飯，但還想吃點餅乾等小東西的時候嗎。像這樣，「입이 심심하다」是並非肚子很餓，但想吃點什麼時使用的表現。

064

1分鐘口說訓練　各位嘴巴無聊時，主要會吃什麼食物呢?請說說看。

예 요즘에는 TV나 유튜브에서 먹방이 인기가 아주 많아요. 저는 먹방을 보면 뭔가 먹고 싶은 생각이 들어요. 이렇게 입이 심심할 때 저는 치킨을 시켜 먹어요. 치킨만 먹으면 아쉬워서 맥주도 한 잔 마셔요. 치킨과 맥주는 정말 잘 어울려요.

中文翻譯 最近電視或 YOUYUBE 上吃播的人氣很旺。我如果看吃播，就會有想吃點什麼的念頭。像這樣嘴巴無聊時，我會叫炸雞。因為如果只吃炸雞有點可惜，所以還會喝一杯啤酒。炸雞跟啤酒真的很搭。

＊먹방：吃播

1 下列選項中，正確使用「입이 심심하다」的句子是哪一個？

① 입도 심심한데 과자나 먹을까?

② 입이 심심하니까 다이어트나 할까?

③ 요즘 입이 심심해서 매일 노래방에 가.

④ 나는 입이 심심할 때 드라마를 봐.

2 請在（　）內填入正確內容來完成對話。

> 가: 저녁을 일찍 먹어서 그런지 입이 (　　　　　　　　).
>
> 나: 그럼 우리 라면이나 끓여 먹을까?

3 以下是韓國人喜歡的宵夜菜單，請填入這些食物的名字。

（　　　　　　　　　）（　　　　　　　　　　　）

（　　　　　　　　　）（　　　　　　　　　　　）

---

1. ①　　2. 심심해　　3. 치킨/라면/족발/피자

3 站在外國人前面嘴唇掉不下來。

065

請對著鏡子說話試試。如何？每次說話時，嘴唇會開開合合的吧？如果嘴唇掉不下來會怎樣呢？是的，一個字都說不了對吧？大家沒有想說話但開不了口的經驗嗎？

<대화 1>	〈對話 1〉
샐리　면접시험은 어땠어요? 잘 봤어요?	莎莉　面試怎樣？順利嗎？
수지　긴장을 해서 그런지 **입이 안 떨어지더라고.**	秀智　大概是緊張的關係，根本**開不了口。**

115

<대화 2>	〈對話 2〉
수지　저는 영어로 말하려고 하면 입이 안 떨어져요.	秀智　我只要要講英語，就開不了口。
선생님　그럼 외국인 친구를 한번 사귀어 보세요.	老師　那麼，請試著交外國朋友吧。

文法

V／A-아/어서 그런지 : 不曉得是不是 V／A 的關係。

예 비가 와서 그런지 도로가 더 복잡해요 .

不曉得是不是下雨的關係，路上更塞了。

V＋-아/어 보세요 : 請試著 V／請 V 看看。

예 한번 입어 보세요 . 請試穿看看。

V＋-(으)려고 하다 : 我要 V ～／我打算 V ～。

예 오늘은 집에서 좀 쉬려고 해요 . 我今天要在家裡休息。

字彙與表現

면접 面試	친구를 사귀다 交朋友
긴장하다 緊張	외국인 外國人
잘하다 做得好	시험을 보다 考試

迷你課堂

「입이 안 떨어지다」是用於因心裡有負擔，無法輕易把話說出口的時候。什麼時候會發生這般講話有負擔的狀況呢？譬如拜託對方困難的事情時、犯了大錯時、在眾人面前發表時等。但是，不管多難都得鼓起勇氣對吧？

1分鐘口說訓練　你有因為開不了口而受罪的經驗嗎？請說說看。

066

예 저는 학생이라서 부모님께 매달 용돈을 받아서 살고 있어요 . 그런데 친구의 생일선물을 사느라 용돈을 다 써버렸어요 . 부모님께 용돈이 필요하다고 말하고 싶지만 입이 떨어지지 않았어요 . 부모님이 항상 용돈을 아껴쓰라고 말씀하셨거든요 . 그래서 저는 지금 아르바이트를 찾고 있어요 .

中文翻譯 因為我是學生，所以我是靠父母給的零用錢生活的。不過，因為買朋友的生日禮物，零用錢都花完了。雖然想跟父母說我需要零用錢，但我開不了口。因為父母總叮嚀我零用錢要省著點花。所以我現在正在找打工。

1 下列選項中，不屬於「입이 안 떨어지다」的狀況是什麼時候？

① 100점을 맞았을 때

② 좋아하는 사람에게 고백할 때

③ 이성 친구에게 헤어지자고 말할 때

④ 친구에게 큰 돈을 빌리려고 할 때

2 請將正確內容填入（　）中完成對話。

> 너무 (　　　　　　　　　　　　　　)아/어서 입이 안 떨어져요.

① 귀찮아서　　　　　　② 배가 고파서

③ 무섭고 떨려서　　　　④ 바쁘고 피곤해서

3 請選出填入（　）的正確選項。

> 영어에 자신이 있다고 생각했는데 외국인 앞에 서니까 입이 (　　).

① 아팠다　　　　　　　② 말랐다

③ 심심했다　　　　　　④ 안 떨어졌다

---

1. ①　　2. ③　　3. ④

4 別轉圈圈，說！

067

大家走在路上時，如果遇到可怕的狗或施工中的話，會怎麼做呢？會繞一大圈過去對吧？說話時也會有無法直接講出來，必須慢慢繞圈的時候。讓我們閱讀下方對話來看看是什麼樣的狀況吧。

준호	여보세요. 수지야!	俊昊	喂？秀智！
수지	오빠가 이 시간에 웬일이에요?	秀智	哥哥，你這個時間打來有什麼事嗎？
준호	너한테 할 말이 있어서…	俊昊	我有事要跟妳說…
수지	그래요? 뭔데요?	秀智	這樣啊，什麼事？
준호	먼저 화내지 않겠다고 약속해 줘.	俊昊	妳先答應我妳不會生氣。
수지	(웃으며) **빙빙 돌리지 말고 빨리 말해요.**	秀智	（笑）別轉圈圈，快點說。

119

V／A＋－아／어서：因為 V／A。

예 길이 좀 막혀서 (늦었어) . 因為路上有點塞 (所以遲到了) 。

V＋－지 말고：別做 V，～。

예 먹지 말고 운동하세요 . 別吃，請運動。

V＋－아／어 줘：幫我 V／請～。〔幫助某人或向某人提出請求〕

예 수지야 , 창문 좀 닫아 줘 . 秀智，幫我關一下窗戶。

字彙與表現

웬일이에요? 有什麼事情嗎？／怎麼了？	약속하다 答應、約好
화내다 生氣、發火	말을 돌리다 講話繞來繞去／講話繞圈圈。

迷你課堂

「말을 돌리다」是表達無法直接講出想講的話時使用的表現。就像故意繞遠路走一樣，在不好直接講的情況下，自然也會顧左右而言他。那麼，對方因為聽了鬱悶，自然也會說「말 돌리지 말고 똑바로 말하라 (講話別繞來繞去的，直接說)」這句話。

1分鐘口說訓練

068

여러분의 모국어에서 '말을 돌리다' 와 비슷한 말을 찾아보세요. 그 표현은 한국어와 비슷한가요? 다르다면 어떻게 다른가요? 자유롭게 이야기해 보세요.

中文翻譯 請找找你們母語中與「말을 돌리다」相似的話。那個表現是否跟韓語相似呢？不一樣的話，是哪裡不同呢？請自由描述。（本題請大家自由發揮，無提供示範文章）

1 下列選項中，不屬於「빙빙 돌려 말하는（講話繞圈圈）」之人講的話是哪一個？

① 저기   ② 있잖아

③ 내가 말이야   ④ 부탁이 있어

2 請填寫（　）中的內容完成對話。

> 수지: 샐리야… 내가 말이야… 지각을 많이 해서 그런데…
>
> 샐리: 왜 그렇게 말을 (　　　　　　　　　　　　　　)?
>
> 노트 빌려달라고?

3 請選出最適合填入（　）中的選項。

> 그렇게 빙빙 돌려서 말하는 걸 보니까 (　　　　　　　　　　).

① 바쁜가 봐요   ② 할 말이 없나 봐요

③ 말하기 싫은 가 봐요   ④ 하기 어려운 말인가봐요

---

1. ④   2. 빙빙 돌려   3. ④

為了活著，最重要的事情是什麼？沒錯，就是「吃」。因為不管再怎麼忙，如果不吃東西就無法活下去。韓語中有使用「먹다」跟「살다」的有趣表現。閱讀下方對話來確認一下吧。

069

준호	대니, 이 시간에 어디 가?	俊昊	丹尼，這個時間你要去哪？
대니	알바 하러 가죠.	丹尼	去打工啊。
준호	주말에도 일하는 거야? 너무 피곤하겠다.	俊昊	周末也要工作嗎？太累了吧。
대니	이렇게 열심히 일해도 **먹고 살기 힘들어요.**	丹尼	像這樣努力工作也只能勉勉強強混口飯吃。

122

V／A＋–아／어도：即使 V／A 也…。

예 열심히 공부해도 1 등하기 힘들어요 . 即使努力念書也很難考到第一名。

V＋–（으）러 가다：去 V。

예 저는 밥을 먹으러 학생식당에 가요 . 我去學生餐廳吃飯。

字彙與表現

알바 打工、兼差（＝아르바이트）　　일하다 工作
주말 周末　　　　　　　　　　　　먹고 살기 힘들다 生活不易、勉勉強強
피곤하다 累、疲倦、疲憊　　　　　　混口飯吃、難以生存
열심히 努力

迷你課堂

　　韓國綜藝節目中，有一檔節目叫《一日三餐》。早餐、午餐、晚餐，是一天煮三次餐點來吃的內容，節目非常紅。像那樣進食，在我們的生活中是非常重要的。韓語中有個表現叫「먹고 살기 힘들다」。比起只講「힘들다」，如果講「먹고 살기 힘들다」，辛苦的感覺會更生動。

1分鐘口說訓練 大家什麼時候會有「먹고 살기 힘들다」的想法呢？請說說看。

070

예 한국은 물가가 비싸기 때문에 많은 유학생들이 아르바이트를 해요 . 저도 낮에는 학교에서 공부를 하고 저녁에는 식당에서 아르바이트를 하고 있어요 . 평소에는 괜찮지만 시험이 있을 때는 아르바이트 때문에 공부할 시간이 없어요 . 아르바이트가 끝나고 새벽 늦게까지 시험공부를 하느라 잠을 거의 못 자요 . 그때 ‘참 먹고 살기 힘들다’ 는 생각이 들어요 .

中文翻譯 韓國因為物價高，所以許多留學生都會打工。我也是白天上學，晚上在餐廳打工。平時沒關係，但考試時因為打工的關係，都沒有時間念書。打工結束後，讀書讀到清晨，幾乎沒辦法睡覺。那時就覺得「生活不易」啊。

1 下列選項中，與「먹고 살기 힘들다」表現不符的選項是哪一個？

① 아침부터 밤까지 도서관에서 공부해요.

② 명품 가방을 사고 싶지만 너무 비싸요.

③ 아르바이트를 3개나 하지만 늘 돈이 부족해요.

④ 열심히 공부했지만 시험에 또 떨어졌어요.

2 請將適當的內容填入（　）完成對話。

후배: 형, 요즘 왜 이렇게 얼굴 보기 힘들어요?

선배: 낮에는 회사에서 일하고, 밤에는 편의점에서 일하거든.

후배: 와~ 너무 힘들겠어요.

선배: 맞아. 요즘 정말 (　　　　　　　　　　).

---

3 請選出最適合填入（　）內的選項。

(　　　　　　　　　　　　). 참 먹고 살기 힘든 세상이야!

---

① 늦잠을 자서 학교에 지각했어

② 아침을 먹었지만 또 배가 고파

③ 어제 옷을 샀는데 또 새 옷을 사고 싶어

④ 주말에도 일하지만 월급이 너무 적어

---

1. ②　　2. 먹고 살기 힘들어　　3. ④

6 你記仇啊！

韓語中有許多描述個性的趣味表現。「뒤끝 있다」就是其中之一。閱讀以下對話來看看是用在什麼時候的表現吧。

071

민수	(손을 흔들며) 수지야, 오랜만이야, 잘 지냈어?	民秀	（揮手）秀智，好久不見，最近好嗎？
수지	안녕하세요? 민수 오빠, 준호 오빠!	秀智	您好，民秀哥，俊昊哥！
준호	(다른 곳을 보며 말이 없다)	俊昊	（看其他方向不說話）
(수지가 지나간 후)		（秀智離開後）	
민수	너 아까 왜 수지한테 인사 안 했어?	民秀	你剛剛怎麼不跟秀智打招呼？
준호	지난번에 내가 먼저 인사했는데 수지가 그냥 갔거든.	俊昊	上次我先跟她打招呼，但秀智直接走掉了。
민수	(웃으며) 너 뒤끝 있구나!	民秀	（笑）你記仇啊！

125

V／A＋－거든：因為 V／A〔解釋他人不知道的事實〕

예 내가 오늘은 좀 바쁘거든. (그래서 모임에 못 가) 因為我今天有點忙 (所以沒辦法去聚會)。

V／A＋－구나：你 V／A 啊〔表達話者的醒悟或驚訝〕。

예 너 정말 인기가 많구나! 你真的人緣很好耶!

字彙與表現

오랜만이야 好久不見	먼저 先
인사하다 打招呼	오빠 哥哥
아까 剛剛	뒤끝 있다 記仇
한테 對	

迷你課堂

對話中民秀跟俊昊說「뒤끝 있다（記仇）」。因為俊昊記著不久前秀智沒有跟他打招呼這件事。會說什麼樣的人是「뒤끝 있다」呢?「뒤끝」意指「時間過去依然殘留不好的感情」。因此,「뒤끝 있다」意思就是「久久記著不好的感情」。那麼,「뒤끝 없다」是怎樣的人呢?就是對過去的事情可以輕易忘懷,很酷的人。

1分鐘口說訓練 請聊聊自己的個性。

072

예 저는 어떤 일이든지 잘 잊어버리는 편이에요. 그래서 친구들이 저한테 '뒤끝이 없다'고 이야기해요. 저는 나쁜 일은 빨리 잊고 싶어서 그러는 것인데, 친구들은 제가 쿨하다고 생각하는 것 같아요. 사실 저는 소심하고 내성적인 편이거든요.

中文翻譯 我算是不管什麼事情都容易忘記的人。所以朋友都說我「뒤끝이 없다」。因為我想要快點忘記不好的事情所以才會這樣,朋友們似乎都覺得我是很酷的人。事實上我是小心謹慎、內向的人。

1 下列選項中，與「뒤끝 있다」沒有關係的是哪一個？

① 지나: 자신을 섭섭하게 한 친구를 쉽게 용서하지 못해요.

② 유리: 선생님의 고마움을 잊지 않고 매년 감사 편지를 써요.

③ 찬수: 실수한 일이 자꾸 생각이 나서 괴로워요.

④ 지수: 헤어진 남자친구가 보고싶어서 너무 힘들어요.

2 請寫下可以同時填入兩個（　）的內容。

> 찬우: 너, 민수 알지? 걔 왜 그렇게 화를 잘 내?
>
> 준호: 민수가 화는 잘 내도 (　　　　　)은 없어.
>
> 찬우: 그럼 뭘 해? 남을 기분 나쁘게 하는데… 다시는 걔 안 볼 거야.
>
> 준호: 지금 보니까 너 (　　　　　) 있구나.

3 請閱讀以下句子，選出最適合填入（　）的選項。

> 수정 씨는 (　　　　　　　　　　　　　　) 뒤끝이 없는 사람인 것 같아요.

① 항상 웃고 있는 걸 보니까

② 작은 일에 쉽게 화를 내는 걸 보니까

③ 나쁜 일도 쉽게 잊어버리는 걸 보니까

④ 아무리 작은 일도 오래 기억하는 걸 보니까

---

1. ②　　2. 뒤끝　　3. ③

大家決定要做什麼事情時，會怎麼說呢？閱讀以下對話，看看韓國人在這種狀況中會使用什麼樣的話吧。

대니	샐리, 너 요즘 한자 공부해?	丹尼	莎莉，妳最近在學漢字嗎？
샐리	응. 새해부터 한자를 공부하기로 마음먹었거든.	莎莉	嗯，我下定決心從新年開始學習漢字。
대니	한자를 몰라도 한국어를 할 수 있잖아?	丹尼	不懂漢字不是也會韓語嗎？
샐리	한자를 알면 단어를 더 쉽게 배울 것 같아서.	莎莉	因為我覺得懂漢字的話，可以更簡單的學單字。

文法

V ／ A ＋ –거든：因為 V ／ A〔解釋他人不知道的事實〕

예 내가 오늘은 좀 바쁘거든. （그래서 모임에 못 가）因為我今天有點忙 （所以沒辦法去聚會）。

V ／ A ＋ –잖아요：（如你所知）表達原因。

예 토요일에는 수업이 없잖아요. 星期六不是沒有課嘛。

V ＋ –기로 （마음먹다／약속하다／결심하다...）：下定決心 V。

V ／ A ＋ –（으）ㄹ 것 같다：似乎 V ／ A。

예 하늘을 보니까 비가 올 것 같다. 看了一下天空，似乎快下雨了。

字彙與表現

새해 新年	단어 單字、詞彙
한자 漢字	마음먹다 下定決心

迷你課堂

「마음먹다」是「下定決心」的意思。尤其新年時我們不是會立下「減肥、禁菸、運動」等計劃嗎。像這樣跟許多計畫或決心一起使用的表現就是「마음먹다」。如「담배를 끊기로 마음먹다」、「다이어트를 하기로 마음먹다」、「매일 운동하기로 마음먹다」、「시험에 합격하기로 마음먹다」用作「V ＋ – 기로 마음먹다」的形態。

1分鐘口說訓練 大家新年下了什麼樣的決心呢？請說說看。

074

예 저는 새해에 한국어를 더 열심히 공부하기로 마음먹었어요. 저는 한국 대학에서 유학하는 것이 꿈이거든요. 그래서 지금 토픽시험을 열심히 준비하고 있어요. 그리고 내년에는 꼭 한국 대학에 입학하고 싶어요.

中文翻譯 我新年下定決心要更努力學習韓語。我的夢想是去韓國的大學留學。因此現在正在努力準備 TOPIK 考試。而且明年我一定要進入韓國大學就讀。

1 請仿照〈보기〉造句。

> 〈보기〉나는 고향에 돌아가다 + 마음먹다
> *나는 고향에 돌아가기로 마음먹었다.*

① 유리는 남자친구와 헤어지다 + 마음먹다

　→

② 대니는 학교를 쉬다+마음먹다

　→

③ 나는 친구를 더 많이 사귀다+마음먹다

　→

④ 샐리는 한국어교사가 되다+마음먹다

　→

2 請選出下列選項中，錯誤使用「마음먹다」的選項。

① 커서 가수가 되기로 마음먹었어요.
② 열심히 마음먹었더니 성적이 크게 올랐다.
③ 한번 마음먹은 일은 끝까지 하는 성격이다.
④ 어려운 일도 마음먹기에 따라 달라질 수 있어요.

3 請閱讀以下句子，選出適合填入（　）的選項。

> 철수는 한번 마음먹은 일은 반드시 하는 (　　　　　　) 사람이야.

① 바쁜　　　② 성실한　　　③ 정이 많은　　④ 착한

---

1. 예 ① 유리는 남자친구와 헤어지기로 마음먹었다. ② 대니는 학교를 쉬기로 마음먹었다. ③ 나는 친구를 더 많이 사귀기로 마음먹었다. ④ 샐리는 한국어교사가 되기로 마음먹었다.　**2.** ②　**3.** ②

許多人高中畢業後，會繼續念大學、研究所。韓語中有表達學歷高低之意的有趣表現。我們一起藉由以下對話來確認吧。

075

선생님	성공하려면 우선 공부를 열심히 해야 돼.	老師	想成功的話，首先必須認真讀書。
학생	가방 끈이 길다고 다 성공하는 건 아니잖아요.	學生	又不是每個學歷高的人都很成功。
선생님	가방 끈이 짧으면 성공하기가 더 힘들어. 대학교는 졸업해야지!	老師	學歷低的話更難成功。大學得畢業才行啊！
학생	가방 끈이 짧아도 할 수 있다는 걸 보여 주고 싶어요. 선생님!	學生	我想證明學歷低也可以成功這件事，老師！

V＋－아／어야 돼：必須 V 才行。

 지각하지 않으려면 일찍 일어나야 돼 . 若不想遲到，必須早點起床才行。

V＋－아／어야지：應該要 V。

 밥은 먹고 가야지！應該吃了飯再走呀！

V ／ A＋－잖아요：（如你所知）表達原因。

 같이 영화 보러 가기로 했잖아요 . 不是說好一起去看電影的嗎。

V ／ A＋－아／어도：即使 V ／ A。

 열심히 공부해도 1 등하기 힘들어요 . 即使努力念書也很難考到第一名。

V＋－고 싶어요：我想 V。

 빨리 어른이 되고 싶어요 . 我想快點長大。

V＋－（으）ㄹ 수 있다：可以 V。

 집에서 학교까지 걸어갈 수 있어요 . 可以從家裡走到學校。

字彙與表現

무엇보다 比什麼都、最重要的是	가방 끈 書包背帶。
성공하다 成功	가방 끈이 길다 書包的背帶長（學歷高)
길다 長	적어도 至少
짧다 短	힘들다 累、辛苦
보여 주다 展現給別人看。	

迷你課堂

「가방 끈이 길다／짧다」是用書包背帶長短來表達學歷高低的趣味表現。因此大學畢業的人，書包背帶會比高中畢業的人長，比研究所畢業的人短。這個表現是打趣時輕鬆使用的話。因為實際上並非學歷高書包背帶就比較長，學歷低書包背帶就比較短。

1分鐘口說訓練	大家母語中有跟「가방 끈이 길다」一樣，表達與學歷或學習有關的趣味表現嗎？請介紹一下。

076

예 한국에서는 가방 끈을 가지고 학력을 표현해요. 아주 옛날에는 먹고 살기가 힘들어서 대학교에 가는 사람이 많지 않았어요. 우리 할머니는 초등학교만 다니셨어요. 그래서 할머니는 가방 끈이 짧아서 아는 것이 없다고 농담하곤 하세요.

中文翻譯 在韓國會以書包背帶來表達學歷。早期社會因為生活不易，讀大學的人不多。我家奶奶就只讀小學。因此奶奶都打趣說她書包背帶短，什麼都不懂。

QUIZ

1 下列選項中，「書包背帶短」的人是誰？

① 김 교수님　　　　　② 이 박사님
③ 중학교 선생님　　　④ 고등학교 3학년 학생

2 請填寫（　）中的內容完成對話。

> 지나: 대학교 졸업한 후에 뭐 할 거야?
> 샐리: 대학원에 가려고. 지나, 넌?
> 지나: 난 취직할거야. 네가 친구들 중에서 가방끈이 제일 (　　　　).

3 請從下列選項中，選出適合填入（　）的選項。

> 철수는 가방 끈이 길어서 그런지 (　　　　　　　).

① 돈이 많아　　　　　② 고집이 세
③ 이해심이 많아　　　④ 아는 것이 많아

---

1. ④　　2. 길구나/기네　　3. ④

韓語中有許多用到人類身體器官、部位的表現。其中還有提到人類肝臟的趣味表現。一起從下方對話來了解一下吧。

077

지나	너 '부산행' 봤어?	智娜	妳有看《屍速列車》嗎？
샐리	당연하지. 난 좀비 영화 팬이야.	莎莉	當然。我是殭屍電影的粉絲。
지나	난 간이 작아서 공포영화 못 보거든. 좀비 보고 간이 콩알만 해지는 줄 알았어.	智娜	我因為膽子小不敢看恐怖電影。看到殭屍我以為會嚇得魂不附體。
샐리	좀비가 무서워? 나는 귀엽던데?	莎莉	殭屍可怕嗎？我覺得很可愛耶。
지나	넌 정말 간이 크구나!	智娜	妳真的膽子很大耶！

V／A＋－아／어서：因為 V／A。

예 길이 좀 막혀서 (늦었어) . 因為路上有點塞 (所以遲到了) 。

V／A＋－거든：因為 V／A。〔解釋他人不知道的原因〕

예 내가 오늘은 좀 바쁘거든 . 因為我今天有點忙。

A＋－던데：說與別人說的互相矛盾的話。

예 나는 재미있던데? (너는 재미없었어?) 我覺得很有趣耶。 (你覺得無
趣嗎?)

V／A＋－(는)구나：你 V／A 啊。〔表達或者的體悟或驚訝〕

예 너 정말 인기가 많구나! 你真的很受歡迎耶!

字彙與表現

좀비 殭屍
팬 粉絲
당연하지 當然了

공포영화 恐怖電影
간이 떨어지다 心驚膽顫、嚇破膽
간이 크다 膽子大、心臟很大顆

迷你課堂

　　韓國人認為「간（肝臟）」跟「용기（勇氣）」或「겁（恐懼）」有關係。因
此會說勇敢的人「간이 크다（膽子大、心臟大顆）」，小心翼翼的人「간이 작다（膽
子小、心臟小顆）」。我們再來多學一些跟「肝臟」有關的表現吧。

• 간이 붓다：一點都不害怕。意思是「吃了熊心豹子膽」、「膽大包天」。
• 간에 기별이 안 가다：吃得太少了，就好像沒吃一樣。意思是「不夠塞牙縫」。
• 간이 콩알만 해지다：受到很大的驚嚇。意思是「嚇得魂不附體」。

1分鐘口說訓練 你有嚇得魂不附體，很恐怖的經驗嗎？請說說看。

078

예 제 친구들은 놀이공원에 가는 걸 아주 좋아해요. 하지만 저에게 놀이공원은 가장 무서운 곳이에요. 초등학생 때 롤러코스터를 타러 갔다가 너무 무서워서 바지에 실수를 한 적이 있거든요. 그 후로 저에게 놀이공원은 기억하고 싶지 않은 장소가 되었어요.

中文翻譯 我的朋友們很喜歡去遊樂園玩。但是，對我來說，遊樂園是最恐怖的地方。我小學時曾因為搭雲霄飛車，太害怕了結果尿在褲子上的經驗。從那之後，遊樂園對我來說就變成我不想回想起的場所。

QUIZ

1 請將〈보기〉的選項填入下方選項中。

〈보기〉
가. 간에 기별도 안 가다　　나. 간이 콩알만 해지다
다. 간이 크다　　라. 간이 작다

① 혼자서 공포영화를 보러 가요.　（　　）
② 다섯 명이서 고기 2인분을 먹었어요.（　　）
③ 영화에서 갑자기 좀비가 나타났어요.（　　）
④ 고등학생이지만 아직 엄마하고 자요.（　　）

2 請選出適合填入（　）的選項。

초등학생 혼자서 배낭여행을 가다니 참 （　　　　　）.

① 간이 작구나　　② 간이 크구나
③ 간이 콩알만 해졌구나　　④ 간에 기별도 안 가는구나

1. ①-다 / ②-가 / ③-나 / ④-라　　2. ②

079

代表韓國的飲食，你會想到什麼呢？就是泡菜（辛奇）！在韓國有非常多種類的泡菜（辛奇）。而且，使用泡菜（辛奇）的趣味表現也很多。

샐리	대니, 너 엄청 피곤해 보인다.	莎莉	丹尼，你看起來超級累。
대니	새벽까지 알바 했더니 완전 **파김치가 됐어.**	丹尼	我打工到凌晨，完全變成蔥泡菜（蔥辛奇）了。
샐리	나도 시험 공부 때문에 밤을 새웠더니 피곤해 죽겠어.	莎莉	我也因為考試的關係熬夜熬到深夜，快累死了。
대니	내일은 쉬는 날이니까 실컷 자야지.	丹尼	明天是休息日，得好好休息。

文法

A ＋ －아／어 보이다：你看起來 A。

例 너 정말 행복해 보인다 . 你真的看起來好幸福。

V ＋ －았／었더니：表示發現什麼或某個結果。

例 밤 늦게까지 책을 읽었더니 눈이 아파 . 讀書讀到深夜，眼睛好痛。

V ／ A ＋ -（으）니까：因為 V ／ A。

예 시간이 없으니까 다음에 보자 . 因為沒時間，下次見吧。

N ＋ - 때문에：因為 N。

예 여드름 때문에 고민이에요 . 因為痘痘的關係很苦惱。

V ＋ - 아／어야지：應該要 V。

예 오늘은 일찍 자야지 . 今天應該要早點睡。

字彙與表現

엄청 非常	파김치가 되다 變成蔥泡菜（蔥辛奇）。
피곤하다 累、疲倦、疲憊	자다 睡覺
파김치 蔥泡菜（蔥辛奇）	알바 打工、兼差 （＝아르바이트）
완전 完全、全部	실컷 盡情地、痛快地
쉬는 날 休息日	밤새우다 熬夜

迷你課堂

韓國人使用各式各樣的材料做泡菜（辛奇）。還有，根據材料，泡菜（辛奇）的名字也不一樣。用白菜製作的話就是「배추김치（白菜泡菜）」，用蘿蔔做的話就是「무김치（蘿蔔泡菜）」，以及使用「파」製作的泡菜就是「파김치（蔥泡菜）」。尤其蔥泡菜熟成後會完全失去新鮮的樣貌，因此常用蔥泡菜的樣貌來比喻疲倦的樣子。所以，如果說「파김치가 됐다」，就表示「非常疲倦，很累」的意思。此外，常與「파김치가 되도록 일하다（工作到筋疲力盡）」、「파김치가 되어 집으로 돌아오다（筋疲力盡回到家裡）」一起使用。

080

1分鐘口說訓練 最近有工作到筋疲力盡的經驗嗎？請說說看。

예 지난 주말에 친구가 이사를 한다고 해서 도우러 갔어요 . 혼자 살아서 짐이 적을 줄 알았는데 생각보다 아주 많았어요 . 저는 물건을 박스에 넣고, 친구는 그 박스를 차에 실었어요 . 물건을 담은 박스가 50개나 되었어요 . 이사는 저녁이 되어 끝났고, 저는 파김치가 되어 집으로 돌아왔어요 .

中文翻譯 上周末因為朋友說要搬家，所以我去幫忙。因為是自己住，我以為行李很少，結果比想像中多很多。我將物品放到箱子裡，朋友把那箱子放到車上。裝物品的箱子有 50 多個。搬家傍晚的時候結束，我筋疲力盡的回到家裡。

1 下列選項中，與「파김치가 되다（筋疲力盡）」相關的選
項是哪一個？

① 운동장을 100바퀴나 뛰어서 힘들어요

② 부모님께 야단을 맞아서 너무 화가 나요

③ 여자 친구와 헤어져서 너무 슬퍼요

④ 수학 문제가 어려워서 짜증이 나요

2 請填滿（　　）完成對話。

> 나: 이번 여행 어땠어?
>
> 친구: 응, 여행은 좋았는데 너무 피곤했어.
>
> 나: 맞아. 나도 여행에서 돌아온 후에 완전히 (　　　　　　)
>
> 이/가 됐어.

3 下列選項中，哪一個是「蔥泡菜（蔥辛奇）」？

---

1. ①　　2. 파김치　　3. ④

CHAPTER 4

更進一步邁向
韓國文化的表現

1 因為昆布湯又哭又笑！

2 真會撒嬌呢。

3 下次一起吃飯吧！

4 您用過餐了嗎？

5 要不要喝一杯？

6 怎麼這麼沒有眼力？

7 湯頭真清爽！

8 這段時間培養了不少感情。

9 因為眼睛被豆莢蓋住了所以才那樣。

10 昨天看的房子一直浮現在我眼前。

昆布湯對韓國人來說是非常特別的飲食。因此有許多使用昆布湯的趣味表現。閱讀以下對話，確認一下那些表現吧。

081

\<대화 1\>	〈對話 1〉
샐리 언니! 생일 축하해요. 아침에 미역국 먹었어요?	**莎莉** 姊！生日快樂。早上有喝昆布湯嗎？
수지 응, 엄마가 만들어 주셔서 먹었어.	**秀智** 嗯，我媽煮給我喝了。

<대화 2>	〈對話 2〉
수지　샐리, 시험 어떻게 됐어?	秀智　莎莉，考試考得怎樣？
샐리　(슬픈 얼굴로) 미역국 먹었어요.	莎莉　（悲傷的臉）滑鐵盧了。
수지　힘내! 다음에 잘하면 되지.	秀智　加油！下次考好就好啦。

文法

N＋－（이）야：半語型態的語尾。

 여기가 우리 학교야. 這裡是我們學校。

V＋－（으）면 되지：只要 V 就好啦。

（오늘 못 가면）다음에 가면 되지. (今天去不了的話)下次再去就好啦。

V＋－아／어 주다：為某人做 V。

 할머니가 내 가방을 들어 주셨다. 奶奶幫我拎書包。

字彙與表現

생일 축하해 生日快樂	다음에 下次
만들다 做、製造	힘내 加油
시험 考試、測驗	미역국 昆布湯

迷你課堂

　　在韓國，生完孩子後有喝昆布湯的習俗。因為這項習俗的關係，韓國人在生日的時候會喝昆布湯。喝昆布湯，想著父母，懷著感謝的心。但因為昆布有滑溜溜的感覺，也被用作「미역국 먹다（喝昆布湯）＝미끄러지다（滑倒）＝시험에서 떨어지다（考試落榜）」之意。所以有重要考試的日子不喝昆布湯。

1分鐘口說訓練 你們國家有在特殊節日吃或不吃的飲食嗎？請說說看。

082

 한국에서는 중요한 시험이 있는 날, 미역국을 먹지 않는 풍습이 있어요. 미역의 '미끄러운' 느낌 때문에 '떨어지다' 라는 뜻의 '미끄러지다' 라는 말이 생각나기 때문이에요. 또 한국에서는 수능시험처럼 중요한 시험이 있을 때 '엿' 이나 '참쌀떡' 을 먹는 풍습이 있어요. 그래서 시험 보는 사람에게 참쌀떡이나 엿을 선물하기도 해요.

中文翻譯 在韓國，有重要考試的那天，有不喝昆布湯的習俗。因為昆布有「滑溜溜」的感覺，容易讓人聯想到「掉落」之意的「滑倒」。此外，在韓國，遇到學測這樣重要的考試時，有吃「麥芽糖」跟「糯米糕」的習俗。因此也會送考生糯米糕或麥芽糖當禮物。

1 下列選項中,「미역국을 먹다」被用作其他意義的選項是哪一個?

① 김 과장 있잖아, 이번 승진에서 미역국 먹었대.

② 너도 소개팅 나가서 미역국 한 번 먹어봐. 기분이 어떤가.

③ 비록 미역국을 먹었지만 포기하지 않고 계속 도전하겠어!

④ 어머니랑 여자친구 덕분에 하루에 미역국을 두 번이나 먹었네.

2 請寫下可同時填入兩個 ( ) 的通用內容。

> 엄마: 네 생일이라서 ( ) 만들었으니까 먹고 가.
>
> 아들: 아무리 생일이라도 ( )은/는 안 돼요. 오늘 중요한 시험이 있거든요.

3 下列選項中,哪個東西可當作禮物送給參加重要考試的朋友?

①

②

③

④

---

1. ④　2. 미역국　3. ④

2 真會撒嬌呢。

每個人的個性都不一樣，因此表達個性的方法也非常多樣化。讓我們透過以下對話，了解談論個性的獨特表現法吧。

083

<대화 1>	〈對話 1〉
지나 대니는 애교가 참 많은 것 같아.	智娜 丹尼好像很會撒嬌。
샐리 그래서 누나들한테 인기가 많은가 봐.	莎莉 所以才會那麼受姊姊歡迎吧。
지나 난 남동생만 있어서 그런지 애교가 없는 편인데…	智娜 我不曉得是不是只有弟弟的關係，不是會撒嬌的類型…
샐리 아니야! 네가 얼마나 애교가 많은데!	莎莉 才沒這回事！妳多會撒嬌呀！

<대화 2>	〈對話 3〉
대니　강아지가 애교가 많아? 고양이가 애교가 많아?	丹尼　小狗比較會撒嬌，還是貓咪比較會撒嬌？
수지　당연히 고양이가 많지.	秀智　當然是貓咪比較會撒嬌啊。
샐리　무슨 소리! 고양이보다 강아지가 훨씬 애교가 많거든. 내가 둘 다 키워서 알아.	莎莉　誰說的！小狗比貓咪會撒嬌多了。我兩種都有養所以知道。

V／A＋ー(으)ㄴ／는 것 같다：似乎 V／A。

예 이 옷은 좀 나한테 작은 것 같아요 . 這件衣服對我來說似乎太小件。

V／A＋ー(으)ㄴ가 봐：應該／可能／大概 V／A。

예 전화를 안 받는 걸 보니까 바쁜가 봐 . 看他沒有接電話，應該是在忙。

A／V＋ー(으)ㄴ 편이다：算是 A／V 的類型～

예 한국어는 배우기 쉬운 편이다 . | 저는 노래방에 자주 가는 편이에
요 . 韓語算是好學的語言。 | 我算是常常去 KTV 的類型。

얼마나 A＋ー(으)ㄴ데：不曉得有多麼 A～

예 한강의 야경이 얼마나 아름다운데 . 漢江的夜景不曉得有多漂亮。

V／A＋ー거든：表達自己的意見。

예 내가 너보다 힘이 세거든 ! 我力氣比你大！

N＋ー보다：比 N…。

예 나는 고양이보다 강아지가 좋아요 . 比起貓，我更喜歡狗。

字彙與表現

훨씬	更加、非常	누나	姊姊（男性說法）
강아지	狗	인기가 많다	受歡迎、人氣旺
고양이	貓	남동생	弟弟
키우다	養	얼마나	多麼、該有多…

迷你課堂

「애교（撒嬌）」是指「看起來可愛的樣子或行為舉止」，因此「애교가 있
다／많다」的意思是「行為舉止或樣貌可愛且討喜」。此外，「애교를 부리다／떨다」
的意思是「對對方做可愛且討喜的行為」。此表現不論是男是女都可以使用。

1分鐘口說訓練 你是很會撒嬌的類型，還是不會撒嬌的類型呢？請說說看。

084

예 저는 2남 2녀 중 막내인데 가족들의 귀여움을 많이 받아서 그런지 애교가 많은 편이에요. 우리 어머니와 할머니 모두 애교가 많으신데, 제가 두 분의 성격을 닮은 것 같아요.

中文翻譯 我是兩男兩女中的老么，大概是因為受到家人們的疼愛，算是很會撒嬌的類型。我媽媽跟奶奶都是很會撒嬌的人，我的個性似乎像他們兩位。

QUIZ

1 下列句子中，若與「애교가 있다」有關請打 O，無關請打 X。

① 준호는 목소리가 크고 씩씩해요. (O, X)

② 수지는 남자 친구한테 아기처럼 말해요. (O, X)

③ 우리집 강아지는 모르는 사람을 보면 큰 소리로 짖어요. (O, X)

④ 우리 고양이는 항상 내 무릎 위에서 놀아요. (O, X)

⑤ 지호는 어둡고 말이 없어요. (O, X)

2 請選出適合填入句子（ ）中的正確選項。

수정 씨는 (   ) 애교가 참 많은 것 같아요.

① 귀엽고 밝게 웃는 걸 보니까

② 항상 열심히 일하는 걸 보니까

③ 부모님 말씀을 잘 듣는 걸 보니까

④ 화를 잘 내고 목소리가 큰 걸 보니까

---

1. ①-X / ②-O / ③-X / ④-O / ⑤-X   2. ①

3 下次一起吃飯吧！

韓國人最常說的「謊話」排名第一的是什麼話？你是否曾因為那些話感到慌張呢？請閱讀以下對話確認吧。

085

선배	어머, 이게 누구야! 샐리 아니야?	學姊	唉唷，這是誰呀！這不是莎莉嗎？
샐리	언니, 안녕하세요? 잘 지냈어요?	莎莉	姊，妳好，過得好嗎？
선배	그래, 샐리야! 나중에 밥 한번 먹자.	學姊	嗯，莎莉！下次一起吃飯吧。
샐리	좋아요, 언니!	莎莉	好的，姊！
(며칠 후)		（幾天後）	
샐리	(휴대폰을 보며) 언니가 왜 전화를 안 하지?	莎莉	（盯著手機）姊姊怎麼沒打給我？

150

文法

V + -자：一起 V 吧～

예 심심한데 노래방이나 가자. 好無聊，一起去 KTV 吧。

字彙與表現

이게 누구야? 這是誰呀！	나중에 以後、下次
잘 지냈어요? 過得好嗎？	며칠 후 幾天後

迷你課堂

　　韓國人最常講的謊話排名第一的就是「밥 한번 먹자（一起吃頓飯吧）」。你是否曾有過把韓國朋友說「밥 한번 먹자」當作約定的經驗呢？韓國人口中的「밥 한번 먹자」並非約定，而是一種問候、打招呼的方式。所以如果沒有訂下特別的時間跟場所，可以不用放在心上。

1分鐘口說訓練　你是否曾因不了解韓國文化而感到不知所措？請說說看。

086

예 한국에 처음 왔을 때의 일이에요. 한국 친구가 저한테 '밥 한번 먹자'고 해서 저는 '좋다'고 대답했어요. 그리고 그 친구의 연락을 기다렸지만 전화는 오지 않았어요. 저는 한국인들은 왜 약속을 지키지 않을까 생각했어요. 나중에 그건 약속이 아니라 인사라는 걸 알게 되었어요.

中文翻譯 這是我第一次來韓國時的事情。韓國朋友跟我說「一起吃飯吧」，我回說「好」。然後，雖然我在等那位朋友連繫我，但他沒打給我。我就想說為什麼韓國人都不遵守約定呢？後來才知道，那不是約定，而是一種問候方式。

1 下列選項中，對於「밥 한번 먹자」最適當的反應是哪一個？

① 못 들은 척한다
② 거짓말이니까 대답하지 않는다
③ 지금 바로 약속을 잡는다
④ '좋다'고 가볍게 대답한다

2 下列選項中，哪個不是韓國人最常講的謊話？

① 밥 한번 먹자
② 얼굴 한번 보자
③ 나중에 편지할게
④ 나중에 내가 밥 살게

3 下列選項中，哪個不是韓國人常常說「밥 한번 먹자」的原因？

① 인사라고 생각하기 때문에
② 친근함을 표현하기 위해서
③ 상대가 배가 고픈 것 같아서
④ 한국인의 생활에서 밥이 중요하기 때문에

1. ④   2. ③   3. ③

4 您用過餐了嗎？

087

這句話在韓國是跟「안녕하세요?」一樣經常使用的問候語。讓我們從以下對話，看看那是什麼意思吧。

진수	수지 씨, 식사했어요?	鎮秀	秀智，吃過飯了嗎？
수지	네, 먹었어요. 진수 씨도 **식사하셨어요?**	秀智	是的，吃過了。鎮秀你也吃了嗎？
진수	저는 이제 먹으러 가려고요.	鎮秀	我現在要去吃。
수지	아, 그래요? 그럼 점심 맛있게 드세요!	秀智	啊，這樣呀？那麼祝你午餐用餐愉快！

153

V＋－（으）러 가다 : 去 V。

예 저는 밥을 먹으러 학생식당에 가요. 我去學生餐廳吃飯。

V＋－（으）려고요 : 打算 V。

예 도서관에서 공부하려고요. 我打算在讀書館讀書。

字彙與表現

식사하다 用餐	맛있게 드세요. 請享用您的餐點。
그래요? 是嗎?	

迷你課堂

　　韓國人常問對方「식사하셨어요？（用餐了嗎？）」、「밥 먹었니？（吃飯了嗎？）」。因為這只是一種問候，只需簡短回答「네」、「아니오」，然後再一模一樣的反問「식사하셨어요？」、「밥 먹었니？」就可以了。因為對方問這句話，並不是真的好奇你到底吃飯了沒。只要記得，在韓國「밥 먹었어요？」是一種問候方式就好。

1分鐘口說訓練　你們故鄉將常使用的問候語是什麼呢？請介紹一下。

088

예 한국 사람들이 '안녕하세요?' 만큼 자주 하는 인사가 '밥 먹었어요?' 예요. 밥은 한국 사람들에게 가장 중요한 음식이에요. 지금은 그렇지 않지만 우리 할머니, 할아버지 때에는 밥을 먹기 어려울 만큼 가난했다고 해요. 그래서 밥을 더욱 중요하게 생각하는 것 같아요.

中文翻譯 韓國人像「안녕하세요？」一樣經常使用的問候語是「밥 먹었어요？」。飯對韓國人來說是最重要的食物。雖然如今不是這樣了，但在爺爺奶奶那個年代，是很難吃上飯，非常窮的年代。因此才會把飯想得更重要。

1 下列選項中，<u>不是</u>韓國人日常生活問候語的選項是哪一個？

① 어디 가?　　　　　　② 밥 한번 먹자.

③ 아침 먹었니?　　　　④ 돈 좀 빌려줘.

2 請將正確內容填入（　）中以完成對話。

> 대니: 누나, (　　　　　　　　　　　　　)?
>
> 수지: 아니, 아직. 너는?
>
> 대니: 저는 아까 먹었어요. 누나도 꼭 점심 드세요!
>
> 수지: 응, 고마워.

3 下列選項中，哪個最適合作為「식사하셨어요？」的回答？

① 그런 걸 왜 물으세요?

② 네, OO 씨도 식사하셨어요?

③ 용돈이 없어서 밥을 못 먹었어요.

④ 네, 점심으로 김치찌개를 먹었어요.

1. ④　　**2.** 예 밥 먹었어요?　　**3.** ②

5 ｜ 要不要喝一杯？

089

大家提起「韓國」想到的酒是什麼酒呢？是的，就是「소주（燒酒）」。
韓國人喜愛燒酒的程度喜歡到燒酒被稱為「국민술（國民酒）」。那
麼，「소주 한 잔 할까？（要不要喝一杯？）」這句話有什麼涵意呢？
讓我們閱讀以下對話來了解一下吧。

진수	저녁에 소주 한 잔 할까?	鎮秀	傍晚要不要一起喝一杯？
준호	좋지. 근데 요즘 무슨 고민 있어?	俊昊	好啊，不過你最近有什麼煩惱嗎？
진수	그건 아니고… 오랜만에 너랑 이야기나 하려고.	鎮秀	沒那回事…只是好久沒跟你聊聊了想聊聊天。
준호	그럼 이따 정문에서 봐.	俊昊	那待會校門口見。

文法

V＋-（으）ㄹ까？：你覺得 V 怎樣？／要不要 V？

例 점심으로 파스타가 어떨까？午餐吃義大利麵如何？

V＋-（으）려고：我打算／要 V。

例 도서관에서 공부하려고 . 我要去讀書館念書。

字彙與表現

이따 待會	고민 煩惱、苦惱
요즘 最近	오랜만에 久違地
소주 燒酒	정문 大門、正門、前門
한잔하다 喝一杯	무슨 什麼
이야기하다 聊天、談話	

迷你課堂

　　聽說韓國每個大人一個月喝掉的燒酒約 5.8 瓶。由此可見，燒酒是韓國人喜愛的酒，是代表韓國的酒。而且，「소주 한 잔 하자 .（一起喝一杯吧）」這句話是有特別含意的。「소주 한 잔 하자＝같이 이야기하고 싶다（想要一起聊聊天）」。還有，如果可以說這句話的話，某種程度上來說代表關係也很親近。

1分鐘口說訓練　大家最近有什麼煩惱嗎？請說說看。

090

例 저는 친구 때문에 고민이에요 . 저에게는 아주 친한 여자 친구 한 명이 있는데요 . 얼마 전, 그 친구에게 남자 친구가 생겼어요 . 그 후로 친구한테 연락도 거의 없고 친구를 만나기도 힘들어요 . 우리 사이가 점점 멀어지는 것 같아 고민이에요 .

中文翻譯 我因為朋友感到煩惱。我有一位非常要好的女性朋友。不久前，那位朋友交了男朋友。在那之後朋友幾乎都沒跟我聯絡，也很難跟她見面。我們之間的關係似乎漸漸疏遠，我很苦惱。

1 「한잔할까?」中的「한잔」是指下列選項中的哪一個?

① 물　　　　　　　　② 술

③ 주스　　　　　　　④ 우유

2 下列選項中,與「한잔할까?」意義<u>不相符</u>的是哪一個?

① 입이 심심해　　　　② 요즘 고민이 있어

③ 너에게 할 말이 있어　④ 이야기할 사람이 필요해

3 請選出<u>所有</u>的韓國傳統酒。

① 소주　　　　　　　② 맥주

③ 와인　　　　　　　④ 막걸리

---

1. ②　　　　2. ①　　　　3. ①, ④

你是屬於有眼力的人，還是沒有眼力的人？有眼力的人跟沒有眼力的人，行動上有什麼不同？讓我們閱讀以下對話來確認一下吧。

091

준호	왜 벌써 와? 오늘 네 여자친구 생일이라고 했잖아.	俊昊	怎麼回來得這麼早？你不是說今天是你女朋友的生日嗎？
대니	친구가 피곤하다고 해서요.	丹尼	因為她說她累了。
준호	생일선물은 했어?	俊昊	你有送禮物嗎？
대니	친구가 필요한 게 없다고 해서…	丹尼	她說她沒有需要的東西，所以…
준호	넌 왜 이렇게 눈치가 없어?	俊昊	你怎麼這麼沒有眼力啊？

文法

V ／ A ＋ –다고 하다：聽說 V ／ A。

예 제주도에는 꽃이 피었다고 한다. 聽說濟州島花開了。

V ／ A ＋ –아／어서：因為 V ／ A。

예 길이 좀 막혀서 (늦었어). 因為路上有點塞 (所以遲到了) 。

V ／ A ＋ –잖아요：不是 V ／ A 嘛。（如你所知）表達原因。

예 같이 영화 보러 가기로 했잖아요. 不是說好一起去看電影的嗎。

字彙與表現

벌써 已經、這麼快就	필요하다 需要
피곤하다 累、疲倦	눈치가 없다 沒眼力
생일선물 生日禮物	

迷你課堂

所謂的「눈치（眼力、眼色）」是指「了解對方的情緒或內心」。因此「눈치가 없다」這句話意思就是「不了解對方的內心或情緒」。這個表現是其他語言裡沒有的，是非常韓國在地的表現。還有，「눈치가 있다／없다」使用與「눈치가 빠르다」、「눈치를 보다」相同的形態。此外，「눈치가 있다／없다」可以跟「센스（sense）가 있다／없다」替換使用。各位是有眼力的人嗎？

1分鐘口說訓練 你是很有眼力的人嗎？還是沒有眼力的人呢？請說說看。

092

예 친구들은 제가 눈치가 빠르대요. 사실 저는 친구들의 표정을 보면 금방 친구의 기분을 알 수 있어요. 그래서 친구가 도움이 필요할 때 도와주고, 슬퍼할 때 위로해 주거든요. 그래서 그런가 봐요.

中文翻譯 朋友們都說我很有眼力。其實我只要一看朋友的表情就可以馬上知道朋友的心情。所以朋友需要幫忙的時候就幫他們，難過的時候就安慰他們。大概是這樣所以他們才這麼說的吧。

1 下列選項中，哪一個是有眼力的人呢？

① 바쁜 사무실에서 먼저 퇴근하는 철수

② 친구들과 여행을 가서 피곤하다고 잠만 자는 수미

③ 부탁하지 않아도 스스로 바쁜 친구를 돕는 진이

④ 어머니가 식사 준비를 하시는 동안 소파에서 TV만 보는 준호

2 下列選項中，哪個是適合填入（　）的答案呢？

> 대니: 선배, 음료수 좀 드세요.
>
> 선배1: 와! 너무 피곤했는데⋯ 정말 고마워!
>
> 선배2: 대니는 역시 (　　　　　　　　　　　　).

① 센스가 있어 　　　　② 센스가 없어

③ 눈치가 많아 　　　　④ 눈치가 없어

3 請閱讀下方句子，選出適合填入（　）的正確選項

> 수정 씨는 (　　　　　　　　　　)걸 보니까 참 눈치가 없는 것 같아.

① 아무리 말해도 모르는

② 표정만 봐도 마음을 아는

③ 한 번만 말해도 이해하는

④ 어디에서나 친구를 잘 사귀는

1. ③　　2. ①　　3. ①

各位吃到辣的或燙的的食物時，會有什麼感覺呢？閱讀以下對話，看看韓國人對辣的或燙的食物是什麼態度吧。

093

준호	오늘 점심에 삼계탕 어때?	俊昊	今天午餐吃蔘雞湯如何？
대니	여름엔 삼계탕이죠.	丹尼	夏天當然要吃蔘雞湯了。
(삼계탕을 먹으며)		（吃了蔘雞湯後）	
준호	우와~ 국물이 진짜 시원하다!	俊昊	哇啊～湯頭真的好清爽！
대니	삼계탕을 먹으니 힘이 나는 것 같아요!	丹尼	吃了蔘雞湯，感覺都有力氣了！

文法

V ／ A ＋ － (으) ㄴ／는 것 같다：似乎 V ／ A。

예 철수가 집에 없는 것 같아요. 哲秀好像不在家。

字彙與表現

어때? 如何？怎麼樣？　　　　　시원하다 清爽、痛快
삼계탕 蔘雞湯　　　　　　　　　힘이 나다 有力氣、產生力量
국물 湯頭

迷你課堂

　　韓國人會吃著辣的或燙的食物同時說「시원하다（涼爽）」。真的很奇怪對吧？雖然「냉면（冷麵）」似乎更涼爽，但韓國人在吃「낙지볶음（辣炒魷魚）」或「떡볶이（辣炒年糕）」、「국밥（湯飯）」等又辣又燙的食物時，會覺得「시원하다」。那是什麼原因呢？如果吃辣的或燙的食物，身體會出汗。而且流汗身體自然會變得比較涼快。汗蒸幕裡說「시원하다」的意思也跟這個差不多。非常的科學化吧？各位會不會什麼時候也有吃了熱呼呼的湯飯後，說「아，시원하다」的一天呢？

1分鐘口說訓練 大家最喜歡的韓國料理是什麼呢？為什麼喜歡那道料理呢？請說說看。

094

예 제가 가장 좋아하는 한식은 바로 떡볶이에요. 매운 음식을 잘 못 먹지만 떡볶이는 정말 좋아해요. 특히 스트레스가 있을 때 떡볶이를 먹으면 기분이 좋아져요. 떡볶이가 기분 좋게 매워서 그런가봐요.

中文翻譯 我最喜歡的韓國料理就是辣炒年糕。雖然我不太能吃辣的食物，但我真的很喜歡辣炒年糕。尤其有壓力的時候如果吃辣炒年糕，心情就會變好。可能是辣炒年糕辣得讓人心情好吧。

1 下列選項中，哪道料理<u>不是</u>韓國人吃的時候會說「시원하다」的料理呢？

① 짜장면　　② 국밥　　③ 갈비탕　　④ 낙지볶음

2 請選出與對話內容相符的選項。

> 수지: 우리 떡볶이 먹을래? 여기 떡볶이가 아주 유명하거든.
>
> 　　　아주머니! 여기 떡볶이 2인분만 주세요.
>
> (떡볶이를 먹으며)
>
> 수지: 와! 정말 시원하다!
>
> 지나: 난 입에서 불이 나!

① 수지는 떡볶이를 아주 좋아한다.　② 지나는 매운 것을 잘 먹는다.
③ 수지는 매운 것을 잘 못 먹는다.　④ 지나는 떡볶이를 좋아하지 않는다.

3 下列選項中，哪個地方讓韓國人覺得雖然熱，但是「시원하다」呢？

① ②

③ ④

1. ①　　2. ①　　3. ①

大家有聽過「정（情）」這個字嗎？閱讀以下對話，思考韓國人說的「정（情）」是什麼吧。

대니	나 이번 학기 끝나고 원룸으로 이사가.	丹尼	我這個學期結束後要搬去套房。
룸메이트	(슬픈 얼굴로) 정말? 그동안 너랑 **정이 많이 들었는데**…	室友	（哀傷的表情）真的？這段時間跟你培養了不少感情呢…
대니	자주 놀러 올 테니까 너무 슬퍼하지 마.	丹尼	我會常常來玩的，你別太難過。

V／A＋－（으）ㄹ 테니까：我會 V／A，所以～〔表話者的推測、打算、意志〕

例 내가 도와줄 테니까 너무 걱정하지마 . 我會幫忙，所以不要太擔心。

V／A＋－았었는데：已經 V／A 了…〔表懊悔、歉意〕

例 이제 친구가 생겼는데… （헤어져야 해）如今交到朋友了…（卻必須道別）

V＋－지마：不要 V～

例 한꺼번에 너무 많이 먹지 마 . 不要一次吃太多。

字彙與表現

이사 搬家	학기가 끝나다 學期結束
원룸 獨立套房	정이 들다 產生感情
슬퍼하다 傷心、悲傷	놀러 오다 來玩

迷你課堂

韓語說的「정（情）」，指的是長時間相處後產生的「珍貴的感情」。對象有可能是人或動物，也有可能是包包或衣服等物品。吵架也會產生「정（情）」，而這樣的情形以「미운 정이 든다（產生厭惡之情）」表現。長時間相處的話，不是會有好的事情也會有壞的事情嗎？那樣的話，「정（情）」就會加深。此外，這句話可以跟「정이 들다」、「정이 많다」、「정이 없다」、「정이 떨어지다」、「미운 정 고운 정이 들다」一起使用。

1分鐘口說訓練 請聊聊你在新環境生活的經驗。

096

例 저는 중국어를 배우기 위해 6개월 동안 중국에서 생활한 적이 있어요 . 중국어도 모르고 아는 사람도 없어서 처음에는 너무 힘들었어요 . 하지만 기숙사에서 친구들도 사귀고 중국어도 익숙해지면서 점점 생활이 즐거워졌어요 . 공부를 마치고 고향으로 돌아올 때 너무 슬퍼서 눈물이 났어요 .

中文翻譯 我為了學中國語，曾在中國生活 6 個月。我不會中文，也沒有認識的人，一開始非常辛苦。但是在宿舍交了朋友，對中文也開始熟悉，生活漸漸開心起來。完成學業要回故鄉時，因為太傷心還哭了。

1 請在（　）中填入正確內容以完成對話。

> 가: 졸업 축하해요! 이제 고향으로 돌아가는군요.
>
> 나: 저도 그동안 정이 많이 (　　　　　　　　　)아/어서 너무 섭섭해요.

2 下列選項中，<u>無法產生</u>「정（情）」的選項是哪一個？

① 매일 마시는 물　　　　② 우리집 자동차

③ 내가 다니는 학교　　　④ 단골 식당 아주머니

3 下列選項中，產生「미운 정（厭惡之情）」的人是誰？

① 매일 만나는 친구A

② 가끔 만나 즐겁게 노는 친구B

③ 나와 매일 싸우는 룸메이트

④ 아침에 만나는 동네 아주머니

---

1. 들어서　2. ①　3. ③

你有一見鍾情的經驗嗎？韓語中有趣味表達「陷入愛河」的話。閱讀以下對話，確認一下那個表現吧。

097

준호	만난 지 100일 만에 결혼하셨다고 들었어요.	俊昊	聽說您只交往 100 天就結婚了。
선배	(웃으며) 네, 맞아요.	前輩	（笑）是啊，沒錯。
준호	왜 그렇게 빨리 결혼하셨어요?	俊昊	為什麼這麼快就結婚呢？
선배	그땐 둘 다 눈에 콩깍지가 씌어서 그래요.	前輩	當時我們倆都因為眼睛被豆莢蓋住了所以才那樣。（因為當時我們倆都鬼遮眼）

文法

V／A＋－다고 들었어요：聽說 V／A～

예 지호 씨는 아이가 둘 있다고 들었어요 . 聽說志浩有兩個孩子。

V／A＋－아／어서：因為 V／A。

예 길이 좀 막혀서（늦었어）. 因為路上有點塞（所以遲到了）。

V＋－（으）ㄴ지（時間）＋만에：自從 V 已經多久了。

예 한국에 온 지 벌써 1 년이 되었다 . 我來到韓國已經一年了。

字彙與表現

결혼하다 結婚

콩깍지 豆莢

씌다 覆蓋、遮住

만 光是、只有〔表限制或侷限〕、
必須〔表強調〕、就

만（에）僅僅、只有

콩깍지가 씌다 眼睛被豆莢蓋住（鬼遮
眼、愛情使人盲目）

迷你課堂

「콩깍지（豆莢）」是豆類的外皮。但如果豆莢蓋在眼睛上的話會變成怎樣？就什麼都看不見了對吧。因此「콩깍지가 씌다」的意思就是說「因為跟交往對象陷入愛河，所以什麼都看不見」。若一見鍾情，對方的一切看起來全部都很美好。所以如果陷入愛河，會說「콩깍지가 씌다」。

1分鐘口說訓練 大家有一見鍾情的經驗嗎？請說說看。

098

예 주말에 친구와 강남역에 갔어요 . 강남역에서 이곳 저곳을 구경했어요 . 그런데 새로 생긴 신발가게에서 마음에 드는 운동화를 발견했어요 . 너무 마음에 들어서 가슴이 뛰고 아무 생각이 나지 않았어요 . 집에 돌아온 후에도 그 신발이 계속 생각났어요 . 그 신발과 사랑에 빠진 것 같아요 .

中文翻譯 我周末跟朋友一起去江南站。在江南站到處逛。不過我在新開的鞋店裡發現我喜歡的運動鞋。因為太喜歡了，心臟蹦蹦跳的，什麼都沒辦法思考。就算回到家，還是一直在想那雙鞋子。我似乎跟那雙鞋子陷入愛河了。

1 請選出「콩깍지가 씌다」的樣子。

① 마음이 편해요 ② 계속 생각이 나요

③ 이유 없이 짜증이 나요 ④ 더 신중하게 생각해요

2 請從下列選項中，選出適合填入（ ）的答案。

> 친구1: 그 옷을 보자마자 눈에 콩깍지가 씌어서 ( ).
>
> 친구2: 그래서 용돈 다 쓴거야? 으이구…

① 참았어 ② 화가 났어

③ 또 사버렸어 ④ 그냥 집으로 돌아왔어

3 請選出<u>不適合</u>填入（ ）內的選項。

> 철수가 ( )걸 보니까 눈에 콩깍지가 씐 것 같아.

① 매일 여자친구를 만나는 ② 여자친구에게 또 전화하는

③ 여자친구 이야기만 하는 ④ 여자친구에게 자주 화를 내는

---

1. ② 2. ③ 3. ④

你曾有不斷想起什麼或懷念什麼的經驗嗎？閱讀以下對話，確認在這樣的情形中會使用哪種表現吧。

099

준호	수지야, 요즘 왜 이렇게 바빠?	俊昊	秀智，妳最近怎麼這麼忙？
수지	이사하려고 집을 알아보고 있거든요.	秀智	因為我要搬家，正在找房子。
준호	그래서 마음에 드는 집은 찾았어?	俊昊	那妳找到滿意的房子了嗎？
수지	어제 본 집이 계속 눈에 밟혀요. 근데 월세가 좀 비싸요.	秀智	昨天看的房子一直浮現在我眼前。不過月租有點貴。

171

文法

V ／ A ＋ –거든（요）：因為 V ／ A～（解釋其他人不知道的原因）

예 내가 오늘 좀 바쁘거든. 因為我今天有點忙。

字彙與表現

요즘 最近	마음에 들다 對…感到滿意
바쁘다 忙碌	월세 月租
근데 但是、不過（＝그런데）	왜 이렇게 為什麼這麼…
찾다 尋找	비싸다 貴、昂貴

迷你課堂

「눈에 밟히다（浮現在眼前、浮現在腦海中、歷歷在目）」是因為某種原因，一直想起某樣東西的意思。那個不管是人還是物品都無所謂。可以是百貨公司裡看到的衣服浮現在眼前，也可以是相親中遇見的人的臉蛋浮現在眼前。此外，想買但不能買、分手後無法忘記的人等等，浮現在眼前的原因非常多樣。

1分鐘口說訓練 各位如果離開故鄉，最會浮現在腦海裡的東西是什麼呢？請說說看。

100

예 제가 서울을 떠난다면 서울의 밤이 생각날 것 같아요. 서울에서는 늦은 시간에도 안전하게 어디든지 갈 수 있고, 식사도 할 수 있고, 친구들과 즐겁게 놀 수 있거든요. 그래서 저는 서울의 밤이 가장 눈에 밟힐 것 같아요.

中文翻譯 如果我離開首爾的話，似乎會想念首爾的夜晚。因為首爾就算時間很晚，到任何地方去都很安全，還可以用餐，也可以跟朋友一起愉快地遊玩。因此首爾的夜晚一直浮現在我眼前。

1 請從下列選項中，選出與「눈에 밟히다」<u>不相符</u>的選項。

① 맛이 없어서 남긴 음식

② 너무 비싸서 못 산 가방

③ 군대에 간 남자 친구

④ 병원에 계신 할머니

2 請將正確內容填入（　）中以完成對話。

> 나: 동물 보호소에서 본 강아지가 （　）
> 　　에 밟혀. 잘 있겠지?
> 친구: 걱정하지 마. 좋은 주인 만날거야.

① 참았어　　　　　　② 화가 났어

③ 또 사버렸어　　　　④ 그냥 집으로 돌아왔어

3 請從下列選項中，選出意義與「눈에 밟히다」最接近的選項。

① 집중하다　　　　　② 계속 생각이 나다

③ 눈이 아프도록 보다　④ 보지 않으면 불안하다

---

1. ①　　2. 눈　　3. ②

CHAPTER **5**

令韓語學習者
手足無措的表現

1 什麼？你說「雞蛋」來了？

2 客人，您點的一杯冰美式「나오셨습니다」！

3 你「순두부」？我「비빔밥」！

4 어떻게 오셨어요？

5 不好意思，請問你幾年次的？

6 唉唷，我的腿！唉唷，我的腰！

7 그냥요.

8 어디 가?

9 天空跟大海真的好「푸르네요」。

10 不是「섭섭하다」，是「아쉽다」。

1　什麼？你說「雞蛋」來了？

101

韓國的快遞服務非常有名。不過，聽說韓國以前曾有非常特別的「찾아가는 서비스（送貨上門）」服務。閱讀以下對話來確認一下吧。

(멀리 스피커에서 들리는 소리)	（從遠方傳來的廣播聲）
"계란이 왔어요. 싱싱한 계란이 왔어요."	「雞蛋來了。新鮮的雞蛋來了。」
(잠시 후)	（稍後）
"고등어가 왔어요. 맛있는 고등어가 왔어요"	「鯖魚來了。美味的鯖魚來了。」
샐리　(놀라며) 뭐? 우리 동네에 고등어랑 계란이 왔다고?	莎莉　（嚇到）什麼？我們社區有鯖魚跟雞蛋過來？

V ／ A ＋ –다고？：你說 V ／ A ？〔驚訝＆確認〕

예 뭐？ 벌써 집에 간다고？什麼？你說你已經回家了？

N ＋ –（이）랑＋ N：N 與 N。

예 엄마랑 아이가 함께 보는 영화입니다. 是媽媽跟小孩一起看的電影。

字彙與表現

계란 雞蛋	맛있다 美味的、好吃的
싱싱하다 新鮮的	고등어 鯖魚

迷你課堂

你曾在社區裡看到載著雞蛋或海鮮販售的卡車嗎？喇叭大聲喊著「雞蛋來了。新鮮的雞蛋來了。」雖然現在很少像以前那樣常常看到，但就如 1930 年代韓國小說中也出現賣雞蛋的人，這樣的販售歷史是很長的。假如各位居住的社區有人來賣鯖魚跟雞蛋，請別感到訝異。因為這是韓國特別的「찾아가는 서비스（送貨上門服務）」。

1分鐘口說訓練 在韓國居住（或看韓國電視劇），有讓你感到有趣的事物嗎？請說說看。

102

예 저는 한국의 배달 문화가 정말 신기하고 재미있어요. 아무리 늦은 시간에도 어떤 메뉴든지 주문할 수 있거든요. 팁을 내면 1인분도 배달이 되니까 너무 편리해요. 게다가 음식도 아주 빨리 오는 편이고요. 제가 생각하기에는 한국의 배달문화 만큼 편리한 서비스는 없는 것 같아요.

中文翻譯 我覺得韓國的外送文化真的很神奇也很有趣。因為不論多晚，任何菜單都可以點餐。付小費的話，就算一人份也送，非常方便。加上餐點來得也算非常快。我覺得似乎沒有比韓國外送文化更便利的服務了。

1 請選出下列選項中，非卡車會販售的商品。

① 　② 　③ 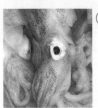　④

2 請閱讀以下對話，選出秀智去哪裡買雞蛋。

> 수지: 계란 사야 하는데… 아저씨가 오늘은 좀 늦으시네.
>
> (스피커 소리) "계란이 왔어요. 싱싱한 계란이 왔어요!"
>
> 수지: 아저씨, 계란 열 개만 주세요.

① 마트　　　　② 편의점
③ 학교 매점　　④ 집 앞

1. ①　　2. ④

103

韓國人認為禮貌很重要，所以面對長者、上司會使用존댓말（尊待語）。但是，也有過度使用尊待語的時候。讓我們閱讀以下對話來看一下吧。

아메리카노 한 잔 나오셨습니다.

점원	어서 오세요. 주문하시겠어요?	店員	歡迎光臨，請問您要點餐嗎？
대니	아이스 아메리카노 큰 사이즈로 한 잔 주세요.	丹尼	請給我一杯大的冰美式咖啡。
(잠시 후)		（稍後）	
점원	손님, 주문하신 아이스 아메리카노 한 잔 나오셨습니다.	店員	客人，您點的一杯冰美式「駕到了」！
대니	(마음 속으로) 한국 사람들은 정말 예의가 바른 것 같아. 커피에도 존댓말을 쓰네.	丹尼	（內心裡）韓國人似乎真的很有禮貌，就連咖啡都用尊待語呢。

179

V／A＋－네요：表示驚訝或發現什麼的語尾。

예 날씨가 참 좋네요! 天氣真好呢!

V／A＋－(으)ㄴ／는 것 같다：似乎V／A。

예 이 옷은 좀 나한테 작은 것 같아요. 這件衣服對我來說似乎太小件。

字彙與表現

어서 오세요. 歡迎光臨。	예의가 바르다 有禮貌
아이스 아메리카노 冰美式咖啡	존댓말 尊待語、敬語
나오다 您的餐點好了。	사이즈 大小、尺寸

迷你課堂

　　韓語是尊待語發達的語言，必須對上位者使用尊待語。雖然有像對話裡的店員一樣禮貌說話而對食物使用尊待語的情形，但這是錯誤的表現。比起無條件使用尊待語，正確使用尊待語更為重要。

1分鐘口說訓練 各位的父母從事什麼工作呢？請介紹一下。

104

예 우리 부모님은 모두 일을 하세요. 아버지는 학교 선생님이시고, 어머니는 식당을 하세요. 아버지는 대학교 때 태권도를 전공하셨고, 지금은 고등학교에서 체육을 가르치세요. 어머니는 평소에 요리를 좋아하셔서 식당을 하세요. 저는 엄마가 해 주신 음식이 세상에서 제일 맛있어요.

中文翻譯 我父母都在工作。爸爸是學校老師，媽媽開餐廳。爸爸大學時主修跆拳道，現在在高中教體育。媽媽平時喜歡做料理，所以開餐廳。我覺得媽媽做的料理是世界上最好吃的。

1 請選出下列選項中，正確使用尊待語的選項。

① 손님, 가방이 예쁘세요.

② 선생님, 강아지가 귀여우시네요.

③ 사장님, 커피 한 잔 드시겠어요?

④ 할머니, 여기에서 좀 쉬어요.

2 請找出下方對話錯誤的部分並更正。

> 손님: 가게 안에 화장실이 있어요?
>
> 점원: 화장실이요? 화장실은 출입문에서 오른쪽으로 쭉 가면 있으세요.

3 下列選項中，<u>不符合</u>韓國語言禮節的選項是哪一個？

① 윗사람에게 존댓말을 쓴다.

② 처음 만난 사람에게 존댓말을 쓴다.

③ 부모가 아이에게 존댓말을 쓴다.

④ 학생이 선생님께 존댓말을 쓴다.

---

1. ③　　2. (錯誤部分) 있으세요 → (訂正) 있어요/있습니다　　3. ③

請閱讀以下對話，學習如何在餐廳裡挑選菜色，簡單表達想點的餐點吧。

105

준호	(메뉴판을 보며) 아~ 배고파 … 뭐 먹지?	俊昊	（看著菜單）啊～肚子好餓…吃什麼好？
수지	난 순두부찌개.	秀智	我嫩豆腐鍋。
대니	전 비빔밥이요.	丹尼	我拌飯。
준호	그럼 **나도 비빔밥!** (큰 소리로) 여기 순두부 하나, 비빔밥 둘이요!	俊昊	那麼我也拌飯！（大聲）這裡一份嫩豆腐鍋，兩分拌飯！

N + -(이)요：我 N。

예 저는 김밥이요. 我紫菜飯捲。

字彙與表現

메뉴판 菜單
배(가) 고프다 肚子餓
순두부찌개 嫩豆腐鍋

비빔밥 拌飯
그럼 那麼

迷你課堂

學韓語會有使用翻譯機的時候。不過，如果翻譯「난 짜장（면）」會變「나는 짜장면이다」，也就是說，會出現「我是炸醬麵」的譯文。我想說的話是「나는 짜장면을 먹겠다.（我要吃炸醬麵）」的意思。「난 아메리카노（我美式咖啡）」、「난 아이스 크림（我冰淇淋）」、「난 크림빵（我奶油麵包）」，想吃的餐點與我合而為一，不覺得很有趣嗎？

1分鐘口說訓練 請說說你們喜歡的料理。

106

예 제가 가장 좋아하는 음식은 김치찌개예요. 만들기 쉬워서 누가 만들어도 맛있거든요. 또 제가 좋아하는 음식은 물냉면이에요. 냉면은 차가운 음식이지만 겨울에 먹어도 참 맛있어요. 저는 물냉면에 식초를 아주 많이 넣어서 먹어요,

中文翻譯 我最喜歡的料理是泡菜鍋（辛奇鍋）。因為煮法很簡單，不管誰煮都很好吃。此外，我喜歡的料理還有水冷麵。冷麵雖然是冷的料理，但冬天吃也很美味。我會在水冷麵裡加很多白醋品嘗。

QUIZ

1 請看著菜單然後完成以下對話。

가: 뭐 먹을래?

나: 잠깐만, 메뉴판 좀 볼게.

(잠시 후)

가: 오늘 비가 오니까 왠지 (①   ).

나: 그럼 난 (②   ).

    여기요! (③   ).

2 下列選項中，<u>不是</u>韓國料理的選項是哪一個？

① 설렁탕   ② 비빔밥

③ 쌀국수   ④ 된장찌개

---

1. 예 ① 김치찌개가 먹고 싶어   ② 순두부찌개   ③ 김치찌개 하나랑 순두부찌개 하나요!
2. ③

4 어떻게 오셨어요 ?

「어떻게」是表達方法的話，隨著「어떻게」的意義不同，句子的意思也會不一樣。請閱讀以下兩人的對話，猜猜看「어떻게」的意思吧。

107

어떻게 오셨어요?

관 광 안 내 소
information

i

비행기 타고 왔어요.

(관광 안내소에서)	（旅客服務中心）
직원　어서 오세요. 어떻게 오셨어요?	職員　歡迎光臨，請問您怎麼來的？
외국인　중국에서 비행기 타고 왔어요.	外國人　我從中國搭飛機來的。
직원　(웃으며) 아, 네… 무엇을 도와드릴까요?	職員　（笑）啊，是…請問有什麼需要我為您服務的？
외국인　명동에 가려면 여기서 어떻게 가야 해요?	外國人　請問要去明洞的話，從這裡要怎麼過去？

185

文法

V + - (으) 려면：如果要 V ~

예 김 선생님을 만나려면 어디로 가야해요? 如果要見金老師，得去哪裡找他呢？

V + - 아/어야 하다：必須 V。

예 버스를 어디에서 갈아타야 해요? 必須在哪邊轉乘公車呢？

字彙與表現

어서 오세요. 歡迎光臨。	중국 中國
무엇을 도와드릴까요? 有什麼需要為您服務的？	비행기를 타다 搭飛機
	명동 明洞

迷你課堂

　　韓語中「어떻게 오셨어요?」有兩種意義。第一個是「交通手段」，詢問對方搭乘什麼交通工具來的。第二個是詢問對方來到這邊的目的或原因。對話中出現的「어떻게 오셨어요?」就是使用第二個意思。所以客人只需要說出來到旅客服務中心的原因就可以了。

1分鐘口說訓練 你有使用過韓國的大眾運輸交通工具嗎？請聊聊韓國的大眾運輸交通工具。

108

예 한국의 지하철은 아주 편리해요. 서울에서 지하철을 타면 어디든지 갈 수 있어요. 그래서 도로가 막히는 시간에 지하철을 타면 약속에 늦지 않을 수 있어요. 또 버스를 타고 가다가 지하철로 갈아타면 요금 할인이 되어서 더 좋아요.

中文翻譯 韓國的地鐵非常方便。在首爾搭地鐵的話，哪裡都可以去。所以如果路上塞車的時候搭乘地鐵，可能就不會遲到。此外，搭乘公車然後改搭地鐵的話會有轉乘優惠，更好。

1 下列選項中，可填入（　　）中的正確內容是什麼？

> 비서: 과장님, 어떻게 오셨어요?
>
> 김과장: (　　　　　　　　　　　　　).
>
> 비서: 아, 그러세요? 여기 앉으세요. 마실 것 좀 드릴게요.
>
> 김과장: 감사합니다.

① 걸어왔어요

② 다른 직원과 같이 왔어요

③ 부장님 심부름으로 왔어요

④ 길이 너무 막혀서 택시 타고 왔어요

2 這邊是手機行。請選出<u>不適合</u>當作客人回話內容的選項。

> 점원: 손님, 어떻게 오셨어요?
>
> 손님: (　　　　　　　　　　　　　)

① 휴대폰을 새로 사려고 하는데요.

② 택시를 타고 오니까 참 빠르네요.

③ 새로운 모델을 좀 구경하려고요.

④ 휴대폰 케이스 좀 보여주시겠어요?

1. ③　　2. ②

5　不好意思，請問你幾年次的？

韓國人即使是初次見面，也常常詢問對方的年紀。為什麼會這樣呢？
請閱讀以下對話思考看看。

109

준호	이쪽은 우리 동아리 신입 샐리야.	俊昊	這位是我們社團的新生莎莉。
샐리	처음 뵙겠습니다. 경영학과 1학년 샐리라고 해요.	莎莉	初次見面，我是經營學系一年級的莎莉。
민수	반가워요. 이민수라고 해요. 저도 경영학과예요. 근데 샐리 씨는 몇 년생이세요?	民秀	很高興認識妳，我叫李民秀。我也是經營學系的。不過莎莉妳是幾年次的？
샐리	(당황하며) 제 나이요?	莎莉	（慌張）我的年紀嗎？

N＋－（이）요？：N 嗎？

예 이거요？저요？這個嗎？我嗎？

N＋－（이）라고 하다：我叫做 N。

예 저는 수지라고 해요. 한국 사람이에요. 我叫做秀智。我是韓國人。

字彙與表現

동아리 社團	나이 年紀、年齡
신입 新人（＝신입회원）	처음 뵙겠습니다 初次見面
신입생 新生	반가워요 很高興認識你。
경영학과 經營學系	근데 不過、可是

迷你課堂

　　韓國人藉由好幾種方法問年齡。譬如「몇 살이에요？」跟「나이가 어떻게 돼요（되세요）？」、詢問出生年度的「몇 년생이세요？」、詢問大學入學年度的「학번이 어떻게 되세요？」等，真的很多樣化。不過，韓國人為什麼要問年齡呢？第一個原因是為了確認要使用尊待語還是半語。第二個原因是為了定下稱謂。因為在韓國，隨著年紀跟性別不同，稱呼方式也不一樣。韓國人詢問年紀的原因，如今了解了吧？

1分鐘口說訓練 請說說各位五年、十年、十五年後的計畫。

110

예 5년 후 저는 25（스물다섯）살이 돼요. 그땐 아마 대학교를 졸업하고 취직을 할 것 같아요. 그리고 30（서른）살에는 결혼을 하고 싶어요. 요즘은 결혼을 늦게 하는 사람이 많은데 저는 너무 늦은 건 싫거든요. 35（서른다섯）살에는 아마 두 명의 아이가 있을 것 같아요. 한 명은 아들, 한 명은 딸이라면 좋겠어요.

中文翻譯 五年後我 25 歲。到時大概大學畢業，就業了吧。然後我想在三十歲的時候結婚。近年來晚婚的人很多，但我不喜歡太晚結婚。35 歲的時候應該會有兩個孩子吧。希望一個是兒子，一個是女兒。

1 下列選項中，哪個**不是**詢問年齡的表現？

① 몇 년이세요?　　　　　② 몇 살이야?

③ 학번이 어떻게 되나요?　④ 연세가 어떻게 되세요?

2 請選出**所有**可填入（　）的選項。

남자: 나이가 어떻게 되세요?

여자: 24살이에요.

남자: (반갑게) 저도 24살이에요. 우리 동갑이네요.

여자: 그럼 이제부터 말을 (　　　　　)아/어도 될까요?

남자: 그래, 좋아!

---

① 놓아도　　　　　　　② 줄여도

③ 높여도　　　　　　　④ 편하게 해도

3 請選出**所有**韓國人初次見面詢問年紀的原因。

① 반말을 쓰고 싶어서

② 나이를 묻는 것이 예의라서

③ 호칭어(언니, 오빠 등)를 정하려고

④ 존댓말을 써야 하는지 알고 싶어서

---

1. ①　　2. ①,④　　3. ③,④

韓國人常常自言自語。各位怎麼樣呢？你們也是常常自言自語的類型嗎？閱讀以下對話，了解韓國人常常說的自言自語有哪些話吧。

111

지나	아이고, 허리야!	智娜	唉呦喂，我的腰！
샐리	왜 그래? 어디 다쳤어?	莎莉	怎麼了？哪裡受傷了嗎？
지나	어제 무거운 걸 들어서 그런지 허리가 너무 아파. 아이고! 허리야! 아파 죽겠네…	智娜	不曉得是不是昨天搬重物的關係，腰非常痛。唉呦喂，我的腰！痛死了…
샐리	(마음속으로) 그런 걸 왜 큰 소리로 말하지?	莎莉	（心裡）那種事情為什麼要大聲說啊？

文法

V ／ A－아／어서 그런지：不曉得是不是 V ／ A 的關係。

 비가 와서 그런지 도로가 더 복잡해요 . 不曉得是不是下雨的關係，路上更塞了。

V ／ A ＋－아／어（서）죽겠다：V ／ A 死了。

 짜증나 죽겠어 . 왜 이렇게 숙제가 많지？煩死了，為什麼功課這麼多？

字彙與表現

허리 腰	아프다 痛、疼痛
다치다 受傷	들다 舉、拿、提
무겁다 重	

迷你課堂

韓國人常常會像「아 , 어떡해！（啊，怎麼辦！）」、「내 지갑 어딨지？（我的錢包在哪？）」這樣用言語表達想法。這種樣子在外國人眼裡很神奇。但是，像韓國人一樣有相似習慣的外國人似乎也很多。

1分鐘口說訓練　各位什麼時候會自言自語呢？請說說看。

112

 저는 음식을 먹을 때 주로 혼잣말을 해요 . 매운 음식을 먹을 때는 '아 매워！' 하고 말하거나 맛있을 때 '음~ 맛있어！' 하고 말해요 . 몸이 아플 때도 혼잣말을 해요 . 다리가 아파서 걷기 힘들 때 , '아이고 다리야 .' 이렇게 혼자 이야기해요 . 이렇게 혼잣말을 하면 나 자신에게 위로받는 기분이 들어요 .

中文翻譯　我吃東西的時候通常會自言自語。吃辣的食物時會說「啊，好辣！」，或是好吃的時候會說「嗯～好吃！」身體不舒服的時候也會自言自語。腿痛走路很辛苦的時候會說「唉呦，我的腿。」像這樣自言自語。如果像這樣自言自語，我自己會有被安慰的感覺。

1 請選出下列選項中，<u>不是</u>韓國人常講的自言自語。

① 아! 더워!　　　　② 깜짝 놀랐네!

③ 안녕하세요!　　　④ 힘들어 죽겠네!

2 請選出最適合填入（　）中的正確選項。

> 샐리: (　　　　　　　　　　). 왜 이렇게 과제가 많은거야?
>
> 대니: 나도 그래… 아이고, 머리야!
>
> 수지: 좀 조용히 해줄래? 나 시험 공부 중이거든.

① 아파 죽겠네　　　　② 힘들어 죽겠네

③ 시끄러워 죽겠네　　④ 배불러 죽겠네

3 下列選項中，哪個<u>不是</u>韓國人經常使用的感嘆詞？

① 웁스!　　　　　② 우와!

③ 아이구!　　　　④ 엄마야!

1. ③　2. ②　3. ①

不曉得該怎麼說明原因時，大家會怎麼講呢？韓國人會怎麼說呢？請
閱讀以下對話確認一下吧。

113

수지	여보세요? 누구…세요?	秀智	喂？請問…哪位？
샐리	언니, 저 샐리예요.	莎莉	姊，我是莎莉。
수지	샐리! 네가 웬일이야? 이 시간에 전화를 다 하고…	秀智	莎莉！妳怎麼了？怎麼這個時間打給我…
샐리	(잠시 말이 없다가) 그냥이요.	莎莉	（暫時沒說話）就那樣。
수지	너 무슨 고민 있구나. 우리 잠깐 만날까?	秀智	看來妳有什麼煩惱呢。我們要不要見個面？

V／A＋-（는）구나：V／A啊。〔表達話者的理解、驚訝、發現〕

예 꽃이 참 예쁘구나！花朵真美麗啊！

V＋-（으）ㄹ까?：要V嗎？／要不要…？〔詢問聽者的意見〕

예 점심에 뭘 먹을까? 파스타가 어떨까?午餐要吃什麼呢？義大利麵如何？

字彙與表現

웬일이야? 怎麼回事？	잠깐 稍微、片刻
전화하다 打電話	고민 煩惱、苦惱
그냥 就那樣。	만나다 見面、碰面

迷你課堂

　　難以說明理由時，韓國人會說「그냥（이요）」。「그냥」的意思是「沒有任何原因或意義」。但是，這句話裡面是有隱藏涵意的。不好意思說、不敢開口、難以開口等，如果是像莎莉跟秀智這樣非常親近的關係，就算不說也知道是什麼意思。所以，如果有人向你說「그냥」時，不能真的就那樣讓它過去了。

1分鐘口說訓練　最近各位的煩惱是什麼呢？請說說看。

114

예 저의 요즘 고민은 선공에 대한 것이에요. 고민하지 않고 성적에 맞게 전공을 선택해서 그런지 전공 공부가 잘 맞지 않아요. 전공 공부가 마음에 들지 않으니까 학교에 가기도 싫고 우울해요. 저는 어떻게 해야 할까요?

中文翻譯 我最近的煩惱是有關專業的事情。不曉得是不是沒有深思，只因為成績符合就選擇這個專業，這個專業不太適合我。因為我不喜歡這個專業，不想去上學，也很憂鬱。我應該怎麼辦呢？

1 請問要填入以下（　　）中的男子內心想法是什麼？
（男子雖然喜歡女子，但女子不曉得男子的心意）

여자: 왜 전화했어?
남자: 그냥… (　　　　　　　　　　　　)….

① 할 일이 없어서　　　② 돈을 빌리려고
③ 아무 이유 없이　　　④ 네 목소리가 듣고 싶어서

2 莎莉前幾天跟男朋友分手了。請閱讀對話內容，選出<u>不屬於</u>「그냥」的意義。

샐리: 언니, 저 샐리인데요.
수지: 샐리? 네가 이 시간에 웬일이니? 무슨 일 있어?
샐리: 그냥요.

① 배가 고파요　　　② 너무 힘들어요
③ 고민이 있어요　　　④ 언니를 만나고 싶어요

1. ④　　2. ①

8 | 어디 가?

115

韓語中有像「어디 가?」這樣雖然簡短但容易造成誤會的句子。請閱讀兩則對話，了解一下這句話的意思吧。

<대화 1>	〈對話 1〉
샐리　　아주머니, 안녕하세요!	莎莉　　大嬸，您好！
아주머니　어디 가니?	大嬸　　要去哪嗎？
샐리　　(웃으며) 네!	莎莉　　（莎莉）是！
아주머니　잘 갔다 와~	大嬸　　路上小心～

<대화 2>	〈對話 2〉
지나 이 시간에 어디 가?	智娜 這時間點妳要去哪？
수지 편의점에. 입이 좀 심심해서….	秀智 便利商店。因為我有點嘴饞…
지나 나도 뭐 살 거 있어. 같이 가자!	智娜 我也要買點東西。一起去吧！

文法

V／A＋－아／어서：因為 V／A。

예 길이 좀 막혀서 （늦었어）. 因為路上有點塞（所以遲到了）。

V＋－자：一起 V 吧～

예 심심한데 노래방이나 가자. 好無聊，一起去 KTV 吧。

字彙與表現

편의점 便利商店、超商　　　　　　　입이 심심하다 嘴饞、嘴巴無聊

迷你課堂

　　疑問句是要求對方回答的句子。而且隨著問題不同，到底得回答「예／아니오」還是得回答具體內容，回答方式也不一樣。首先，因為〈對話 1〉中的焦點在「가?」所以只要回答「예」就可以了。尤其，韓國人會說「어디 가?」、「어디 가세요?」來代替問候。因為是問候語，只要回答「네」就可以了。但是，因為〈對話 2〉中的焦點在「어디」，所以必須說出要去的「場所」。必須了解問題到底是一般問候〈對話 1〉還是真的提問〈對話 2〉才有辦法回答。

1分鐘口說訓練 你曾因為誤會別人說的話而感到慌張嗎？請說說看。

116

예 매일 아침, 학교에 갈 때마다 이웃 아주머니를 만나요. 아주머니는 저를 볼 때마다 '어디에 가냐'고 물어요. 왜 매일 같은 질문을 하는지 너무 이상했어요. 그리고 그 후에 한국인 친구가 그 말은 인사라고 알려 줬어요. 그래서 오해가 풀렸어요.

中文翻譯 每天早上要去學校的時候都會遇到隔壁大嬸。大嬸每次看到我都會問「어디에 가냐?（要去哪裡）?」我覺得好奇怪，為什麼她每天都要問相同的問題。然後，在那之後韓國朋友告訴我，那句話是一種問候語。所以誤會就解開了。

1 請選出最適合回答下列對話的選項。

> 가: 나는 방학 하자마자 고향에 갈 건데, 넌 이번 여름 방학에 어디 가?
>
> 나: ( )

① 응! ② 고향?

③ 그건 왜 물어? ④ 제주도에 놀러 가려고 해.

2 請選出下列選項中，「어디 가？」意義<u>不同</u>的選項。

① 아주머니: "학생, 어디 가?"

② 엄마: "아침 일찍 어디 가니?"

③ 친구: "수지야, 오랜만이네. 어디 가?"

④ 친구: "나는 쇼핑몰 가는데 너는 어디 가?"

---

1. ④ 2. ④

9 天空跟大海真的好「푸르네요」。

117

雖然在韓國彩虹是七個顏色，但聽說在美國是六個，墨西哥馬雅族是五個，非洲是兩到三個顏色。像這樣每個國家的顏色都不同，表達顏色的話也會有些許不同。請閱讀以下對話，多了解一點關於顏色的知識吧。

수지	오랜만에 바다에 오니까 너무 상쾌해요.	秀智	好久沒來海邊，太舒服了。
준호	날씨가 맑아서 그런지 하늘도 바다도 정말 푸르네.	俊昊	不曉得是不是天氣晴朗的關係，天空跟大海真的好藍。
수지	저 바다 좀 봐요. 너무 파래서 어디까지가 하늘이고 바다인지 모르겠어요.	秀智	你看看那片大海。太藍了，都不曉得到哪邊是天空，哪邊是大海了。
준호	맞아. 정말 그림 같아!	俊昊	對啊，真像一幅畫！

201

V／A＋－（으）니까：因為 V／A。

㉤ 시간이 없으니까 다음에 보자 . 因為沒時間，下次見吧。

V／A－아／어서 그런지：不曉得是不是 V／A 的關係。

㉤ 비가 와서 그런지 도로가 더 복잡해요 . 不曉得是不是下雨的關係，路上更塞了。

V／A／N＋－는／（으）ㄴ／（이）ㄴ지 모르다：不曉得 V／A／N。

㉤ 저는 누가 철수인지 몰라요 . 我不知道誰是哲秀。

V／A＋－네요：表示驚訝或發現什麼的語尾。

㉤ 날씨가 참 좋네요！天氣真好呢！

字彙與表現

오랜만에 久違地	하늘 天空
상쾌하다 涼爽、清爽	파랗다 蔚藍、藍、湛藍
(날씨가) 맑다 （天氣）晴朗	그림 같다 像一幅畫
바다 大海	

迷你課堂

　　以前沒有區分「파란색（藍色）」與「초록색（草綠色）」，以「푸른색（青色）」表達這兩個顏色。如果在字典裡查「푸르다」，「파랑（藍色）」跟「초록（綠色）」都會出現。所以「푸르다」是具備兩個顏色特徵的顏色，也就是介於藍色跟綠色之間，藍藍綠綠的顏色 – 青色。要不要舉個例子呢？大家喜歡的「청포도」，中文是「青葡萄」，這個顏色就是「푸른색（青色）」，是不是很有趣呢？

1分鐘口說訓練 在各位的國家，彩虹有幾個顏色呢？那些顏色中，你們最喜歡哪個顏色？請說說看。

118

㉤ 한국은 무지개가 빨강, 주황, 노랑, 초록, 파랑, 남색, 보라색 이렇게 일곱 가지 색이에요 . 저는 이 중에서 초록색을 제일 좋아해요 . 초록색을 보면 눈도 마음도 편해지거든요 . 그래서 그런지 초록색으로 된 물건이나 옷이 많은 편이에요 .

中文翻譯 韓國彩虹有紅橙黃綠藍靛紫七個顏色。我在這些顏色裡最喜歡草綠色。
如果看草綠色,眼睛跟心都會變輕鬆。可能是因為這個原因,我算是綠
色物品跟衣服比較多的類型。

QUIZ

1 下列選項中,最<u>不</u>接近「푸른색(青色)」的圖片是哪個?

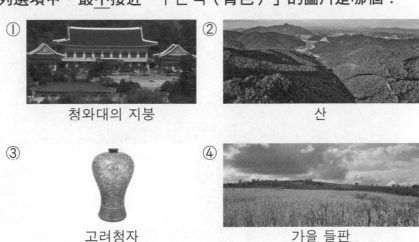

① 청와대의 지붕

② 산

③ 고려청자

④ 가을 들판

2 請從下列選項中,選出與「푸르다」最<u>不</u>搭的選項。

① 얼굴   ② 바다
③ 하늘   ④ 언덕

---

1. ④   2. ①

119

韓語中有很多意思相似的話。閱讀以下對話，看看雖然很像，但不一樣的「아쉽다」跟「섭섭하다」有什麼不同。

샐리	한 문제 틀리는 바람에 1등을 못했어. 너무 섭섭해!	莎莉	因為錯了一題，結果沒考到第一名。太遺憾了！
대니	그럴 땐 아쉽다고 해야지.	丹尼	那種時候應該說可惜才對。
샐리	오늘 내 생일인데 아무도 몰라서 너무 아쉬워.	莎莉	今天是我的生日，可是沒有人知道，太可惜了。
대니	그땐 섭섭하다고 하는 거야.	丹尼	那種時候應該要說難過。

文法

V ＋ ‒는 바람에：因為 V ～〔接否定結果〕

[예] 늦잠 자는 바람에 학교에 지각했다．因為睡懶覺，結果上學遲到了。

V／A ＋ ‒아／어서：因為 V／A。

[예] 길이 좀 막혀서 （늦었어）．因為路上有點塞（所以遲到了）。

字彙與表現

문제 問題

아쉽다 可惜、遺憾、捨不得

섭섭하다 惋惜、難過

틀리다 錯誤

생일 生日

아무도 任何人

迷你課堂

「섭섭하다」是用於對對方的行動或態度感到失望的時候。舉例來說，如果父母給弟弟妹妹比較多的零用錢，是不是會覺得「섭섭하다（難過）」？但是，「아쉽다」是用在對某個行動（沒能做得更好）而感到後悔或留下遺憾的時候。假如各位一不小心錯過自己喜歡的節目，應該會感到「아쉽다（遺憾）」吧？

1分鐘口說訓練 各位有對某人感到難過的事情嗎？請說說看。

120

[예] 네 있어요．저는 친구의 생일을 기억하고 생일 선물도 줬는데 그 친구는 제 생일을 기억하지 못했어요．그때 친구한테 무척 섭섭했어요．다음에는 제 생일 전에 친구한테 미리 말해 주려고 해요．

中文翻譯 是的，我有。我記著朋友的生日，送了禮物，不過朋友卻不記得我的生日。當時朋友讓我很難過。下次我生日前，我想事先跟朋友說。

205

1 請閱讀以下句子，選出應該使用「아쉽다」還是「섭섭하다」。

① BTS 공연이 태풍 때문에 취소됐어요.
(아쉽다/섭섭하다)

② 그 가방을 사려고 열심히 돈을 모았는데 품절(sold out)이 되었어요. (아쉽다/섭섭하다)

③ 남편이 결혼기념일을 기억하지 못해요.
(아쉽다/섭섭하다)

④ 자주 가는 식당이 문을 닫았어요.
(아쉽다/섭섭하다)

⑤ 내 잘못이 아닌데 친구가 저한테 화를 내요.
(아쉽다/섭섭하다)

2 請選出（　）中正確的單字。

가: 어제 TV에 블랙핑크가 나왔는데 숙제하느라 못 봤어.
　　아, 진짜 (아쉬워/섭섭해)!
나: 유튜브로 다시 보면 되지.

---

1. ①-아쉽다 / ②-아쉽다 / ③-섭섭하다 / ④-아쉽다 / ⑤-섭섭하다　　2. 아쉬워

國際學村　LA PRESS 語研學院 Language Academy Press

語言學習NO.1

學英文

跟讀學文法
Grammar Shadowing
用母語人士的方法學英文
不用想、直接說，就是正確的文法！
說對句型模組跟著唸，自然養成英文語感！

學韓語

韓語學習必備教材
我的第一本
韓語語源記單字
外交官的韓語老師教你：
用50個語源輕鬆記住2000個韓語單字
李�
KOREAN
한자어

學日語

「沉浸式學習法」
我的第一本
觀光‧遊學日語課本
從日本生活學好句型、文法、單字，教學有效率、自學最實用！
JAPANESE
TRAVEL MADE EASY !

第二外語

全新開始學法語文法
FRENCH GRAMMAR FOR EVERYONE
發音及連音規則×組字規則×詞類變化×陳述性規則×
動詞變化及變位×時態 原句直解！
適合大家的法語初級文法課本
★全教材MP3　★全書音檔下載QR碼
王素卿 著

考多益

新制多益全新！TOEIC
單字大全 Vocabulary
備考多益唯一推薦權威單字書！
David Cho 著
不論題型如何變化，內容持續更新
常考字彙急速完全掌握，準確度最高！

考日檢

JLPT N1 N2 N3 GRAMMAR
新日檢500文型 常見
N3 N2 N1
必考文法與句型記憶整理

考韓檢

唯一3～6級分級解析

NEW TOPIK II
新韓檢 中高級
全方位拆解中高級考古題試卷
可針對想考級數精確準備各級韓檢的備考書！

考英檢

各級機關、學校、企業、補習班指定購買

全新！NEW GEPT
全民英檢
初級 聽力 & 閱讀 題庫解析
新制修訂版
6回試題完全掌握最新內容與趨勢！

想獲得最新最快的語言學習情報嗎？

歡迎加入
國際學村&語研學院粉絲團

台灣廣廈 國際出版集團
Taiwan Mansion International Group

國家圖書館出版品預行編目（CIP）資料

大家來學生活韓國語 / 李姸定著.
-- 新北市：國際學村出版社, 2023.1
面；　公分
ISBN 978-986-454-252-9(平裝)

1.CST: 韓語 2.CST: 讀本

803.28   111017728

 國際學村

大家來學生活韓國語

作　　　者／李姸定	編輯中心編輯長／伍峻宏	
翻　　　譯／蔡佳吟	編輯／邱麗儒	
	封面設計／林珈伃・內頁排版／菩薩蠻數位文化有限公司	
	製版・印刷・裝訂／東豪・弼聖・紘億・明和	

行企研發中心總監／陳冠蒨　　　線上學習中心總監／陳冠蒨
媒體公關組／陳柔彣　　　　　　產品企製組／顏佑婷
綜合業務組／何欣穎

發　行　人／江媛珍
法 律 顧 問／第一國際法律事務所 余淑杏律師・北辰著作權事務所 蕭雄淋律師
出　　　版／國際學村
發　　　行／台灣廣廈有聲圖書有限公司
　　　　　　地址：新北市235中和區中山路二段359巷7號2樓
　　　　　　電話：（886）2-2225-5777・傳真：（886）2-2225-8052

代理印務・全球總經銷／知遠文化事業有限公司
　　　　　　地址：新北市222深坑區北深路三段155巷25號5樓
　　　　　　電話：（886）2-2664-8800・傳真：（886）2-2664-8801
郵 政 劃 撥／劃撥帳號：18836722
　　　　　　劃撥戶名：知遠文化事業有限公司（※單次購書金額未達1000元，請另付70元郵資。）

■ 出版日期：2023年01月
ISBN：978-986-454-252-9　　　　版權所有，未經同意不得重製、轉載、翻印。